那山那水
那乡愁

张必强 著

天津出版传媒集团

天津人民出版社

图书在版编目（CIP）数据

那山那水那乡愁 / 张必强著. -- 天津：天津人民
出版社，2025.4. --ISBN 978-7-201-21118-3

Ⅰ.I267

中国国家版本馆 CIP 数据核字第 2025XT4769 号

那山那水那乡愁
NA SHAN NA SHUI NA XIANGCHOU

出 版	天津人民出版社	
出 版 人	刘锦泉	
地 址	天津市和平区西康路 35 号康岳大厦	
邮政编码	300051	
邮购电话	（022）23332469	
电子信箱	reader@ tjrmcbs. com	

责任编辑　俞鸿彧

装帧设计　书香力扬®
　　　　　Tel:135 5118 0183

印 刷	四川科德彩色数码科技有限公司	
经 销	新华书店	
开 本	880 毫米×1230 毫米　1/32	
印 张	8.75	
字 数	151 千字	
版次印次	2025 年 4 月第 1 版　2025 年 4 月第 1 次印刷	
定 价	58.00 元	

油墨香中泥土香

——为张必强散文集《那山那水那乡愁》作序

老来思乡，心常恍恍。日前，收到家乡文友张必强惠寄的一大摞书稿，闻着油墨散发出来的淡淡清香，顿觉神清气爽。焚香盥手，用心捧读，看着那一篇篇弥漫着泥土芳香的乡土散文，仿佛迸珠溅玉，令人眼花缭乱，越看越有味，越看越兴奋，真是十分解渴，百分过瘾，万分欣喜，不由摇头晃脑，手舞足蹈，真有"久旱逢甘霖，他乡遇故知"的快感，正好慰我这个游子的思乡之苦。

突然，想起越剧电影《红楼梦》里林黛玉葬完了花对贾宝玉说的那句话："人人都笑我有些痴病，难道还有一个痴的不成？"这些年来，我心心念念的，莫不是家乡正在急剧消失的乡土文化，甚至为之食不甘味，为之辗转反侧，为之衣带渐宽，自以为痴。等到一口气读完张必强的散文集《那山那水那乡愁》，再想起他几年前出版的散文集《远去的年华》——原来他是在挖井，挖乡土文化的井，越挖越深，甘泉喷涌，果然还有一个痴的。

我与张必强以文会友，惺惺相惜，虽然缘仅一面，但在朋友圈发帖跟帖，几乎三天两头碰面，点点滴滴，常在心头。这些年来，他痴迷于挖掘、搜集、整理家乡的乡土文化，情有独钟，而且善于用他的那支笔，深情地给我们描绘了一幅反映20世纪七八十年代江南山村生活的《清明上河图》。书中有"舌尖上的乡愁"，腌菜、竹笋、栗子、青菜、南瓜、胡葱、馒头、九头芥、葛粉，活色生香，令人垂涎；有"故园农事"，双抢、割草、砍柴、种菜、晒稻谷、割麦、掰玉米，样样能干，乐此不疲；有"屋檐下的旧器物"，捣臼、踏碓、站桶、麦磨、水缸、粮仓、算盘，娓娓道来，如数家珍；有"儿时的趣事"，偷吃、打乒乓球、摔香烟壳、乘凉、剃光头、孵日头，绘声绘色，恍在眼前；有"故土校园觅乡愁"，包书皮、擦黑板、做作业、敲钟，记忆深刻，历久弥新；有"家庭家教家风"，爷爷的灯、奶奶的针线板、父亲的流水账、母亲的番薯饭，言传身教，令人难忘。不难看出，这是全景式描绘乡土文化的丹青高手。

或许在有些人看来，我们的家乡只是浙江中部一个名不见经传的山区小县，面积不过一千平方公里，人口不过四十万，在金华、在浙江、在江南、在全国的存在感并不高，何必局限于此，做一只"井底之蛙"呢？非也！地域有大小，文化没大小，而在于特色。如果跟省会城市杭州相比，我们的家乡的地域面积小，人口总量小，经济总量也小，但我们创造的浦江乱弹历史之悠久、艺术之精湛、影响之巨大，远非杭州滩簧所能比拟。一乡有一乡的文化，一县有一县的文化，一地有一地的文化，贵在多元。正因为各地都有独具特色的乡土文化，融合成五彩缤纷的中华优秀文化，才能屹立于世界文化之林。

如果把博大精深的中华文化比作金字塔塔尖的话，那么县域的乡土文化就是金字塔的塔基。越是民族的，越是世界的。

与其走马观花、笼而统之、大而无当地看全豹，不如抓住一点、做深做透、解剖麻雀地窥一斑。只要能够写出乡土文化中典型环境下典型人物的典型性格，就能以小见大，因微知著，从而折射出一个民族、一个国家、一个社会、一个时代的深厚文化内涵。君不见，文坛泰斗鲁迅先生笔下的《祝福》《社戏》，描写了民国初年江南水乡绍兴地区的乡土文化，不正是传统文化的一个缩影吗？阿Q、闰土、祥林嫂之类的人物，不正是平凡人中的若干典型吗？

若论家乡的乡土文化，固然离不开方凤、柳贯、吴莱、宋濂、戴良等先贤大儒给我们留下的皇皇巨著，更离不开平民百姓的日常参与。他们以自己的脚步丈量土地，以自己的双手创造生活，是主宰这块土地的主人，也是践行乡土文化的主体，是创造历史的人。小时候，我跟一字不识的爷爷、奶奶、妈妈生活在一起，不知道世界上有什么四书五经、诸子百家、《楚辞》《离骚》，也不知道有唐诗宋词、元代戏曲、明清小说。一年四季，我们根据家乡的风俗习惯，按部就班地过日子：正月头，穿新衣，放鞭炮；元宵节，迎龙灯，吃麦饼；二月十九，过时节，祭观音；清明节，做青粿，祭祖宗；端午节，吃粽子，碰鸡蛋；冬至日，做麻糍，祭祖宗；腊月里，杀年猪，搡年糕，切米胖，写春联；除夕夜，一家人，庆团圆。无论是文人雅士，还是富商巨贾，抑或贩夫走卒，概莫能外。因此，乡土文化的精华不是曲高和寡的贵族文化，而是无处不在的平民文化。

张必强出生山区，在乡村教坛孜孜不倦地舌耕了三十多年。他的散文集《那山那水那乡愁》没有涉及政治、军事、外交、经济等国家大事，写的都是平民百姓的日常生活，都是他自己和父亲、母亲、爷爷、奶奶、老师、同学这样的普通人。正是这些发生在 20 世纪七八十年代的平凡人身上的平凡事，折射了改革开放前后时代和社会的沧海剧变，成为江南山地文化的典型画卷，也是浩如烟海的中华优秀文化的一分子。这是张必强出版这本散文集的价值所在。

是为序。

王向阳

2024 年 6 月 11 日写于京杭大运河畔

（王向阳，市场导报社主任记者，中国作家协会会员，中国戏剧家协会会员，《手艺》等散文集作者）

目 录

第三辑　屋檐下的旧器物

舌尖上的乡愁

冬日腌菜香

立冬过后，西北风一阵紧似一阵，天气一天比一天寒冷，看到超市里新鲜蔬菜的价格节节攀高，我情不自禁地想起儿时的腌菜，咸香悠远，回味无穷。

儿时的冬天特别寒冷，农村生活贫穷、物资缺乏，每到冬季就无法吃到新鲜的蔬菜，只能采用腌制方式来保存菜品。

每年立秋之后，父亲都会在自留地里种植长梗白菜（当地人叫作菘菜），这种菜具有生长期短、菜身长、腰身高、口感脆爽的特点，最适于腌制。

立冬前夕，父亲将已经成熟的长杆白菜从地里收回家，剥掉外层老叶，洗净晾干，待菜叶晒得较为脱水之后，准备了一口水缸及足量的食盐。

在一个天气晴好的傍晚，我们开始腌菜了。母亲先在大缸底部撒一层食盐，然后放一层青菜，再撒一层食盐。随后，父亲洗净了脚，站在缸内用力踩踏着青菜，踩踏的噗噗声犹如美妙的乐曲，绿色的浆液不断地从父亲踩过的脚下流出来。不一会儿，青菜完全失去了活力，瘫倒在缸底。这样不断地重复着，母亲放青菜、放食盐，父亲不断用力踏青菜，堆在边上的青菜源源不断地放入缸内，有时还放上几个小萝卜夹在青菜中间。大缸里的菜堆得越来越高，犹如一座倒立的金字塔，待到青菜全部踏压到缸内，父亲已双脚通红，浑身冒汗站在缸边。我们在腌制的菜上面放几片粽叶，再加上几根竹篾，最后再压几块大石头，盖上一顶大凉帽，这次腌菜才算大功告成！

当时我搞不懂腌菜为什么要用脚踩，长大后渐渐明白这样做的目的是用体重和脚力把腌制的菜压紧压实，排除间隙里的空气，这样腌制的菜更能入味。

几天后，缸里原本干蔫扁的青菜渐渐变得湿润，冒出绿水，呈现生命的质感，完成生命的历程。一个月后，缸里涨起了青黄色的汁水，还"噗噗"冒出许多小泡泡，一股生涩的、酸溜溜的，但又极鲜香的气息刺激着我的鼻孔。母亲仔细看过，挖出一片菜叶放嘴里尝尝，说道："可以吃了。"

酸酸的咸菜，飘着浓浓的香味，脆爽的鲜美，只需简单炒、炖、泡，便让人馋涎欲滴，胃口大开。寒冬时节，北风呼啸，一碗热气腾腾的番薯粥端在手上，我们用筷子夹咸菜搁在上面，喝一口粥，夹一口咸菜，"咯吱咯吱"的咀嚼声声声入耳。

刚腌好的白萝卜脆生生、水灵灵，酸咸爽口，除油解腻，嘴馋的我还会偷偷将腌萝卜捞出来当作零食吃。上中学读书时，一个星期回来一趟，我更要带足一个星期的咸菜。

冬天，因为有了咸菜，我们便不觉得寒冷，甚至都不觉得漫长。这些腌制的咸菜伴我度过一个个漫长的冬天，陪伴我慢慢地长大。

时过境迁，随着科技的进步，蔬菜能储存的时间也变得越来越长，温室大棚的出现、反季节蔬菜的种植、交通运输条件的改善，使人们在冬季仍然可以吃到新鲜的蔬菜。

可这么多年过去了，咸菜味已经深深烙印在我的心里，挥之不去，忘之不却。于是在小区的附近，我租了一块地，每年的这个季节便种上一些长梗白菜，然后放入一口小缸里腌制，每吃一口咸菜都有家的味道，但在我的味觉中，永远也品尝不出父母腌制的那种咸菜味。

细竹笋

　　我的家乡属于亚热带季风气候的丘陵地形，虽然没有高耸的山峰，却有无数个连绵不断的低矮的小山头，只要你迈出家门，爬上山坡，到处能看到一丛丛细竹子长在茅草、灌木林间。细竹子只有手指头那么粗，两米左右长，长出的竹笋也只有手指头那么粗，因此人们称它为细竹笋，品种大致有大麦笋、小麦笋、笔头笋、黄壳笋、苦竹笋等。山上细竹子分布极为广泛，但我们砍柴时都嫌弃它，因为它不禁烧。

　　每当布谷鸟儿开始满山吟唱时，细竹子下的细竹笋便开始萌发了，只要有细竹的地方，就能看见泥土里像毛笔尖一样的竹笋，一排排一个个探出小脑袋，向着天空一个劲儿地蹿着，像哼着一首轻盈的歌，飘飘然降临人间。

　　细竹笋是山里人家一种特有的野味，时令季节每家的餐桌上都可以看到这种食物，它和粗犷的毛竹笋相比虽然个头小，但味道更鲜美，营养更丰富，口感更脆嫩，入口回甘，鲜美无比。

　　在农村蔬菜青黄不接的三、四月份，细竹笋解决了这一窘境。黄昏时分，家家户户，炊烟袅袅，细竹笋的香气缭绕着，柴火欢快跳跃着，在暖暖的火光中，开启一年里最美的时光……

　　一般的竹笋需要用锄头来挖，但是细竹笋只需要用手掰就行了，因此叫作掰笋。掰笋还需要一定的技巧，对短小的细竹笋，往往要弯下腰抓紧笋的根部，甚至要挖掉一些土层再掰，否则用力掰就会拦腰截断，让笋中最鲜美的那部分断在泥土中。如果笋长在竹丛中，你得先掰开竹子，手指倒抓着笋身，先摇晃几下，再忽然用力拔出来。

在掰笋季节经常听到有人的脚不小心被竹节戳穿了，有时候大家为了拔出一根根细竹笋，头发经常被竹芽枝扯得蓬乱，手脚一不小心也会被荆棘藤刺得伤痕累累，身上的衣服也时不时被竹芽枝扯得伤痕累累。童年时的我经常漫山遍野去穿行掰笋，有一次差点掉下深山坑，多亏被妹妹看见，随即叫喊了在田间干活儿的父亲，把我拉了上来。掰笋非常辛苦，但每当看到密密麻麻的细竹笋展现在眼前时，比吃细竹笋还要酣畅，这快感难以言表。

有一次我掰了许多细竹笋，自豪地在邻居面前炫耀，"啊呀！你掰的这些都是苦竹笋呢！"我拿出一根剥掉笋壳，用舌头一舔，果然苦涩难尝。仔细检查了一遍，发现我布袋里的细竹笋三分之二是苦竹笋，当年的苦竹笋是没有人要吃的，我只能忍痛割爱把它扔掉了。

把细竹笋拿回家后先将它的笋壳剥掉，剥去层层外壳，露出淡黄色笋心，宛如清水中露出芙蓉，留下雪白嫩绿部分便是可以食用的。剥笋壳是一件比较麻烦的事，而且掰来的笋等到好不容易剥完壳，只剩下一点点。那时有"三篮竹笋两篮壳，有人掰笋没人剥"的俗语。其实剥笋壳还是很有技巧的，不会剥的人是一片一片地剥，会剥的人先把细竹笋顶部揉软，然后分开对半，用手直接两下卷下来就剥好了。小时候我们总喜欢比谁剥得又快又完整，根据笋的长短，剥壳时笋肉不能断。那时候，遇到比较粗的笋子，我们还在笋最老的根头切一节下来当口哨吹，或做一副竹笋水桶玩具。

剥完壳的鲜笋不宜长久地暴露在空气中，见风则老，要马上拿到烧开的水锅里把剥好的笋直接下锅，不能盖锅盖，继续添柴加火，当听到竹笋发出清脆的爆裂声后，拿离柴火，然后就可以将其放入清水里面浸泡一下。这时的细竹笋透出来的味道才是最真实、最本味的。新鲜的细竹笋在沸水中过了以后，除去了<u>丝丝涩味</u>，留下了清香甜美。过水后的细竹笋，仅仅配上自家腌制的九头芥炒熟，便是酸爽滑口的美味。在吃笋的季节里，细竹笋几乎是餐餐必有的家常菜，嫩、鲜、酸、脆爽，我家吃得最多的就是细竹笋炒九头芥。

　　为了保存得更长久，我们还会在煮笋时加入少许食盐，捞出后放在阴凉通风的地方，将其晒成笋干可轻松保存一年时间，别有风味。母亲总喜欢把细竹笋放入玻璃罐或坛子腌起来，一年四季皆可以食用。去年在云南西双版纳一户哈尼族家中还吃到过火烤细竹笋，那是另一番味道。

　　细竹笋在我国自古有之，被奉为"菜中珍品"，而且也是一种很好的保健食品。不但味道鲜美，而且它含有丰富的氨基酸、胡萝卜素、维生素等多种营养素，并含有人体必需的多种微量元素，对人体有着很好的保健作用，还具有减肥功效，因此每年笋季，上山掰细竹笋的人很多。

　　当年那碗九头芥的咸香渗入清爽的细竹笋中，咸与淡、陈与新、黄与白混合在一起的色香味至今还在我的舌尖回荡，它释放出寻常山里人家最质朴的生活滋味。它不仅是记忆里家乡的味道，更是一种乡愁，那是山的味道，那是家的味道，更是母亲的味道。

柴毛栗

金秋十月是柴毛栗（山毛栗）成熟收获的季节。

柴毛栗无论从带壳的外形，还是内中的果肉，都极像板栗，只是个头比板栗小得多而已。板栗（我们当地叫大栗）是长在高大的树上，属于落叶乔木，树高可达二三十米。但柴毛栗不是长在树上，而是长在低矮的柴上，因而得名。

我的家乡属于亚热带季风气候的丘陵地形，海拔不高，地势高低起伏，坡度较缓，在连绵不断的低矮山丘的向阳坡上生长着一丛接一丛的毛栗柴，毛栗柴的果实就是柴毛栗。

毛栗柴的枝丫上结满了一个个柴毛栗果，一个挨一个，一个枝丫上结的几个柴毛栗果抱团组合在一起。一个柴毛栗果里面多则四五个栗子，少则两个，有的只有一个，个数越少栗子越大。柴毛栗果夏季时是青绿色，毛茸茸的圆果就像一个个小刺猬，活泼可爱，到了秋季慢慢地成熟了，由青色变成了金黄色，过后便会绽开，露出里面金黄色的毛栗来。

成熟时柴毛栗果中间裂开一道口子，露出果实，那是采摘的最佳时机，再往后延期，外壳全部外翻开裂，外壳包裹着的栗子会全部掉落到地上，刚掉下的栗子还算完好，捡拾起来倒也方便，但落在地面的时间长了可就会被虫子啃蚀。

小时候我们每人手挎一个竹篮子到山上去摘柴毛栗，躲在刺球里的柴毛栗看见我们仿佛一个一个开心的孩子都探出了头，露出金黄的笑脸。有些还咧开大笑的嘴巴，里面的褐色毛栗已经爆开。

我忙着在草丛地里捡，寻出瓜熟蒂落的柴毛栗。在毛栗柴上摘毛栗则很刺手，手戴着手套还是被刺得伤痕累累。我不顾柴毛栗的刺，狠下心来，摘下几颗毛栗球，用鞋底在地上一搓一搓，用手一掰，里面大蒜似的并列坐着的毛栗干净得不用洗，放进嘴里一咬脆脆的、嫩嫩的，满嘴生香，便成了我的口中之物，那涩中含甜的柴毛栗愉悦了我的味觉，充实了饥肠辘辘的肚皮。

秋风阵阵，毛栗柴枝头在秋日的阳光下跳动着。一会儿时间，连刺带毛的柴毛栗装满了篮子，一路上我们手挎篮子满载而归，看着篮子里那些裂开来的柴毛栗，我忍不住又往嘴里送。

我们采摘的数量有限，满满的一篮子带壳柴毛栗，搓下来只有一点点，往往没有晒干就被我们吃光了，更多的柴毛栗还是靠父母连柴带毛栗一起砍下带回家。毛栗柴可以当柴火烧，毛栗搓下来晒干藏在家里，只有等村里晚上放电影时才舍得拿出来炒一点儿。

时过境迁，每当我看到小摊上糖炒板栗，情不自禁就会想起儿时摘柴毛栗、吃柴毛栗的情景，有时会买一点儿板栗慢慢地咀嚼，想从中品味出柴毛栗的滋味，品味出浓浓的乡愁，可总觉得味道不如儿时野生柴毛栗纯正。

青菜人生

　　我的饭桌上天天少不了青菜，青菜不但是一种青翠碧绿的绿色蔬菜，更是一种口感鲜嫩、维生素极为丰富的蔬菜。

　　小时候我非常讨厌青菜，每年到了入秋之后，饭桌上顿顿青菜。母亲有时为了节约时间、节省柴火，把青菜放在饭锅上蒸，饭烧熟了，青菜也蒸煳了，然后放上一点儿盐，用菜刀切一下就成了一餐的菜，又黄又煳又没有油的青菜真难吃。到了严寒的冬天，没有时令蔬菜，饭桌上只剩下一碗青菜和自家腌制的菘菜，

实在下不了饭。

有时为了改善一下青菜的吃法，母亲会做一碗青菜汤，不放油，没有味精，只是煮出青菜的味道。

如此守着似水流年的日子，我心中觉得青菜俨然一个农村老妇，又老又丑，实在令人讨厌。

经过了时光的磨砺，我渐渐发现青菜的味道越来越好了，不再那么讨厌它，觉得我们的生活其实和青菜一样平淡和朴素，而这正是我们伸手就可以抓到的幸福，这样的幸福实实在在又不玄妙高深。

青菜以一身亮眼的绿衣及其独特的魅力，如今已经成为人间寻常的美味食材。秋日里，餐盘中的鲜嫩小青菜甘甜爽口，那嫩绿的青菜散发着勃勃生机，一阵飘来的清香中更显得格外油润翠绿。

望着已经炒好的时令青菜，闻着空气中蔓延开来的甘甜清香，我口水垂涎三尺，用筷子夹起青菜，立马放进嘴里，顿时那一股特有的味道使人神清气爽。我慢慢品尝，青菜又软又糯，带有一丝甘甜，吞进肚子里后，还忘不了再舔一舔嘴巴，回味无穷。

冬天里青菜的口感更是清脆，它脆而不粘牙，清香的味道顺着汁水溢了出来，这种清香甘甜的味道直沁我的肺腑。这时节，谁能抵挡得住这唾手可得的至简诱惑？腊月青菜，平凡美好，人间清欢。

少年时，我讨厌平常而质朴的青菜，长大后青菜却成了我最爱吃的蔬菜，它俨然一位朴朴素素、不涂脂抹粉、不奇装异服、不拿腔捏调、不刻意张扬、不故作姿态、永远清新怡人的乡村女孩。

宁可食无肉，不可食无绿。青菜是我最喜欢的绿叶蔬菜，不仅味道甜美爽口，更能让舌齿交融时分泌出一曲美妙的乐章。

　　我在自己的菜地里，看到那一片生机勃勃的绿叶在微风中轻轻摇曳。这景象给人一种生命美好的象征，小孩子似的笑脸呈现在我的眼前，令人十分喜爱。

　　跨进菜园，我抚摸着可爱的青菜，那种心灵深处的成就感油然而生：青菜豆腐，就像做人一样一清二白；人活一辈子，平淡是真，慢慢就会发现，自己的人生底色，已不知不觉像一碗儿时的青菜汤，青翠而干净。

粥到香时情更浓

每次喝粥时总有一股清甜的香气扑鼻而来，那股熟悉的味道冲破束缚，直直地钻入我的记忆深处。

自古以来，粥都是穷人喝的，因为那时缺少粮食，粥在米水与米浆之间，可稠可稀可吃可喝，有钱的时候"吃"稠的，困苦日子就是"喝"一碗稀粥了。要是遇上了灾荒，官府和民间的大善人就要"施粥赈灾"，用这种最节省粮食的方法去喂饱灾民，就算平常日子，也有一些社会团体会开办"粥场"或"粥局"，以帮助最穷苦的百姓。

父亲生在十分饥荒的年代，总是有上顿没下顿。他唯一的心愿便是能够填饱肚子，只是这种念头在那时简直就是一种奢望，而喝粥就能暂时填饱肚子。

熬粥要把米粒煮成液态稠糊，锅里面咕嘟咕嘟地冒着小气泡的粥会发出一股特有的清香，可是我奶奶为了节约柴火往往将粥烧开后就盖上锅盖不烧火了，说这样闷着也会稠糊，如果不稠糊她就用一点儿番薯粉搅拌一下，看上去总稠糊了，可是喝起来没有那股清香。有时我们家午饭也会煮粥，当烧开后，奶奶会从锅里捞出一碗米饭，说给正在劳动的人吃的，锅里剩下的粥还会继续熬着。

我的童年是在 20 世纪 70 年代度过的，在那个物资匮乏、生活贫困，平时吃不饱穿不暖的年代，为了节约粮食，每天都喝粥，因为烧粥全家人只要一小把米就可以吃饱了，薄薄的米粥配上自家腌制的咸菜就解决了一家人的一顿饭菜。虽然肚子喝饱了，可是过一会儿肚子就饿了，因此喝粥的晚上母亲总是要我们早点睡觉，不然小孩子喊肚子饿了可没有食物充饥了。

夏天的时候，母亲早早起来煮粥，待我起床洗漱后，粥已经凉了许多。煮熟之后的粥搁置一段时间就会有黏稠的感觉，我喜欢那种米粒之间的黏性，像彼此相知相惜的朋友紧紧黏在一起，这就是粥。后来才知道稀饭是粥的另外一个别称，把剩下的米饭加上水烧开就是稀饭了，一碗稀饭端上来，米粒和水分得清清楚楚的，我喜欢那种喝起来黏糊糊的粥。

后来，晚饭烧粥这个任务经常交给了放学后的我。一开始，我控制不住火候，烧开了还盖着锅盖，米汤溢满了整个灶台，那锅粥也永远煮不稠糊了，到后来我有了经验，烧开后只是打开一点点锅盖，然后改用慢火煮，煮出的粥又糊又香。

在吃年夜饭之前，我家有一个习惯，就是先喝碗粥。到下午三点钟左右，母亲就烧好了粥，要求我们每人喝一碗。对于这个习俗，我想应该是当年粮食匮乏，只有年三十可以吃饱白米饭，喝粥就是为了节省晚上的白米饭吧！这个习俗在我家一直延续了很多年。

每年早稻成熟收割后，母亲首先会用新米煮顿新米粥。在一日一日的期待中，新谷终于盼来了，母亲顾不上收割时的辛劳和忙碌，装上一篮已经晒干的稻谷拿去加工。待母亲把加工好的新米扛回家时，天色已晚，我仍站在门口等着。母亲带着喜悦，带着笑容，很快把一锅新米粥煮出来了，粥还在锅里，香味已经飘满整个屋子。

新米粥熬好了，母亲并没有立即盛给我们喝，而是用勺子一勺一勺地漾着，此时香味更浓，飘得更远，几乎整个村上的人都能闻到新米粥的香味，此时，母亲开始装了碗，感受新米粥的香味，分享丰收的喜乐。

有一次，我一下子喝了三碗新米粥，喝得心里甜滋滋的、脸上红扑扑的、头上汗涔涔的。家家开始喝上新米粥时，大人孩子们都会端着碗粥串门，夸耀自家的新米好，米粥香味浓。

晚稻收割后，父亲端着一碗白米粥感叹起来，问母亲为何没有在粥里面放上番薯？母亲说地里的番薯还没长好，得过一段时间。父亲端着那一碗白粥喝了几口歇下来，叹了一句，还是番薯粥的味道好啊！原来在粥里面加入番薯叫番薯粥，能省大米，味道还更佳。

番薯粥就是粳米和番薯混合的味道，在冬天的清晨，就着寒冷的天气喝下一碗热乎乎的番薯粥，甜甜的、香香的，整个人都暖和起来了。番薯粥里面根本没有放调味料，用勺子捣碎番薯，粥里就融合了番薯的味道，清香微甘。粥里的红心番薯很糯，沾满了嘴，齿颊留香。

在物质条件丰富的日子，这不过是一碗味道有些新奇、用料有些特别的粥而已，但是如果时光前移几十年，甚至几百年前，在那些艰苦的岁月里，番薯粥简直是珍稀佳肴、人间美味。真是无心插柳柳成荫，当年人们为了生存下去被迫发明出来的食式，如今却成了一种家常的健康的饮食佳肴。

冬去春来，物换星移。随着生活条件的改善，如今我们可以喝到番薯粥、南瓜粥、皮蛋粥、绿豆粥等，但是我总觉得这些都不如儿时的那碗粥香气满溢。每当我想起当时的情景，总会在心头涌起一阵暖意。粥到香时情更浓，若有若无的香气引出那一缕缕飘香的记忆。

火熜里的美食

曾伴我度过儿时一个个寒冬的火熜，让我享受到冬日里的温暖。在那缺衣少吃的寒冬里，每天我肩挎书包去上学，手里也不忘拎个火熜，再冷的冬天也没觉得有多少苦寒。火熜里的各色美食，也给我增添了不少乐趣，让我在冬日里有了更多的温暖和寄托。

那时，我买了几分钱的水果糖，把糖放入空的"百雀灵"铁盒子里，然后放在火熜里烤，待硬糖化为浓汁时，香气四溢，然后用一根木柴棒蘸一下，顿时稀溜的糖丝被扯得很长。几个小伙伴你一口、我一口地分而食之，即使嘴角烫起水泡，还是觉得其乐无穷。

趁父母下地干活儿不在家，我从楼上的陶瓷罐里偷了一把黄豆和玉米放在衣袋里，并将陶瓷罐里的黄豆、玉米抹平，不留下一点儿蛛丝马迹，免得被父母发现后要遭受挨骂，然后回学校享受火熜里的美食。

在火熜里煨玉米、黄豆不能一下子放得太多，一次放五六粒最为适宜，否则待玉米、黄豆煨熟时来不及夹出容易烤焦。

我把黄豆和玉米放进火熜里，然后用两根木柴棒不断地翻炒，过了一会儿便会响起"噼噼啪啪"的响声，豆香、玉米的焦香味儿随着热浪向上蹿进我的鼻子里。闻着诱人的香味，我马上用两根木柴棒夹起，享用就这样开始了。后来我们还发明了用细铁丝卷起来的煨豆工具，一圈圈的细铁丝缠绕成勺形小漏斗，一兜分清扬。我用小漏斗把豆子从火灰里一粒粒扒出来，放到手心上。太烫了，一边用嘴吹，一边用两手相互交换着，这样倒腾一会儿才把它送进嘴里，顿时香气溢满全身。精打细算的小朋友通常一颗一颗地往嘴里丢，能吃多久是多久，贪吃之人则一下子倒进嘴里，囫囵吞枣，然后盯着旁边朋友手里的，两眼放光。

用火煨煨粉丝也很有味。那个季节刚好各家都做了番薯粉丝，那是细长的干粉丝，把剪成菱形状的粉丝边角料往火煨里一伸，接触炭火的部分立刻受热膨胀起来。伴随着缕缕青烟，灰褐的粉丝条（块）立马冒出"吃吃"的声响，进而像馒头一般快速发酵，一时洁白如霜，又像出水芙蓉一般带着无限娇羞隐隐生香。不一会儿，一截粉丝就烧熟了，入口细嚼，膨松脆响。

用火煨煨年糕更是另一种美味。从寒冷的水缸里捞起一根年糕，切成几段，把它放到火煨里，这是一项细火慢活，还要不时翻转。我时而用火煨烘手，时而闻一闻火煨里散发出来的香味，焦急地等待着美食出炉。

直至闻到了一股年糕的焦味，我翻看火煨里的年糕，有裂了口子成焦黄色的，有变形起泡的，都香味扑鼻，令人馋涎欲滴。我以为好了，便用两根木柴棒夹起一段年糕，拍拍炭灰，立马把年糕往嘴里送，咀嚼着还是半生不熟的年糕。虽然没有吃到美味的煨年糕，但我还是感受到了其中的乐趣，一种满足感油然而生。

在那物资匮乏的年代，我们一般是享受不到麻糍的美味的，直到队里实行家庭联产承包责任制后，在冬至季节才有麻糍吃。刚做的麻糍趁热肯定好吃，冷却后的麻糍拿到火煨里烤更是一种美味。

我把麻糍放在火熜的铁丝盖上烤，一会儿，麻糍便会发出"砰……砰……"的响声，这是麻糍的外皮逐渐膨胀胀破的声音，只见一个个乳白的气泡像岩浆一样喷涌而上，随即浓郁而温馨的糍香扑鼻而来，不断地在空气中弥漫和飘荡。"啪"的一声，麻糍胀破了一个口子来，浓郁的糍香在空中飘荡，这时按一按麻糍，如果皮脆糍软，说明麻糍烤透了。我一口咬住麻糍，用手一拉，黏稠的糯米浆能拉得很长，在刺骨的寒风中还冒着腾腾的热气。烤出的麻糍外焦里嫩，两面金黄，不但香味扑鼻，吃起来更是又脆又糯，甜甜黏黏的香味一直在舌尖萦绕。

　　有一次一位小朋友在家里偷了一个鸡蛋。那时鸡蛋不是随便可以吃到的，家里的鸡蛋都舍不得吃，拿到供销社换盐和点灯的煤油。这位朋友却把鸡蛋放在火熜里面烤，过一会儿只听见"砰"的一声爆裂，他的下身衣服上全是草木灰和炭末，吓得他连忙跑出家门。

火熜里烤麻糍

　　由于我不断地换着花样在火熜里制作美食，比如煨土豆、煨番薯、煨蚕豆等，而且越来越有经验，越做越美味，火熜成了我的"万能烤箱"，品种可谓日新月异，花样新翻。

　　火熜里的美食，成了我在寒冬里最温暖的记忆。

岁月深处南瓜香

　　"红米饭，南瓜汤，挖野菜，也当粮……"酷暑渐消初秋至，听到这首歌时，它再次牵动了我的情思，唤起我对歌词中南瓜的感情。

　　春分节气后，气温渐渐升高，只见父亲找了一个破脸盆，然后在里面装满泥土，把南瓜籽一粒一粒插入土里，最后在嘴里含一口水"噗"的一声喷到上面。

看父亲在脸盆里种南瓜如此简单，我也跃跃欲试，但怕父亲责骂，于是偷偷地找了一个破脸盆，里面装满泥土，然后从父亲那里偷了一把南瓜籽撒在上面，装模作样地也在嘴里含一口水"噗"的一声喷到上面，然后放在门口的窗台上。

这还是被父亲看到了，可父亲并没有责骂我，而是和蔼地对我说："南瓜籽不能这样撒在上面，要一粒一粒埋入土里，像你这样种，南瓜是不会发芽的，种南瓜得一律让南瓜子的尖部朝下，南瓜籽的尖子是根部，另一边要长出叶子来，如果颠倒了，就不会发芽。"

这下我可知道了，还以为种南瓜很简单，随便把南瓜籽埋进土里就行了，想不到南瓜籽尖部朝下才会发芽。

一天、两天、三天……南瓜种子发芽了、长高了、叶子长大了，我让父亲把每天用嘴喷水的任务交给我，这样我可以每天陪嫩苗叶聊天，让它快快长大。两星期后，父亲把南瓜苗移栽到菜地了。他在自留地的坎边挖了坑，见缝插针地种上几株南瓜，因为平地里舍不得种南瓜，要种玉米等其他粮食作物，而南瓜的藤只知道疯长，从来不会嫌弃地块的位置和贫瘠。

到了夏天，青色的南瓜开始长大，小时候，我非常喜欢吃嫩嫩的南瓜，可是父亲一般是不会轻易摘回来的，除非是家里实在没有其他菜吃了。

南瓜从春天播种到秋天收获，颜色由嫩绿到青绿到黄绿，最后随着飒飒秋风，呈现持重敦厚的黄褐色。

收获的季节家家果飘香，户户瓜满院。收获后，父母会把南瓜进行挑选分类，一排排堆放楼梯的台阶上，丰收的年份，南瓜从第一级楼梯一直堆放到楼上为止，边上只留下一条狭长的通道，形成了农村丰收季节一道亮丽的风景线。母亲还把最好的老南瓜藏在床底下，像躲猫猫的孩子，安静地等待着人们把它们找出来。

蒸南瓜最简单，煮饭时母亲将南瓜切成小块，米水下锅后，放上竹条做成的蒸格，摆上南瓜块。饭煮熟了，南瓜也熟了，那米饭的清香混着南瓜的甜香从锅盖缝隙里钻出来，我老远闻到，肚子不由得"咕噜咕噜"叫起来。每次吃南瓜，我总会抢着有南瓜蒂的那块，手拿南瓜柄，吃起来感觉南瓜特别甜。

南瓜籽是南瓜藏在心腹中的宝贝，属休闲食品中的佳品，我吃完南瓜还有一个更大的期盼，那就是南瓜籽。

母亲切南瓜时都将南瓜瓤连籽一起扒在一旁，随后把瓜瓤和籽放入装水的盘子里，水里漫开成橙黄色，再把瓜籽一粒粒挑出，装入碗里，全部挑好后，再搓洗几遍，放在太阳下晒干了，装到一个陶瓷瓶子里拿到楼上藏起来。每当村里放电影时，母亲会拿出来炒上一手把，其余的要留到过年时才会拿出来招待客人。

南瓜是乡村别具韵味的一抹风景，是童年回味悠长的一道佳肴，是记忆里历久弥新的一片深情。时过境迁，如今南瓜通过多样的烹饪方式，已成为人们餐桌上的一道道美食。

粗茶淡饭最养人，寻常瓜蔬滋味长。南瓜的营养价值高，有解毒、护胃、养颜、降糖、降压等功效，既可以当菜又可以当粮。随着人们对健康生活的需求，南瓜藤、南瓜花都成为烹饪界的新宠，南瓜籽更具有驱虫、预防肾结石、降压之功效。

岁月的河流"哗哗"流淌，然而记忆里那个魂牵梦萦的老南瓜依旧不动声色地散发着阵阵醇香，如夏日清风，轻轻拂过那些清贫的日子，因为有了南瓜，才会浸着甜绵绵的香味。

山野胡葱香

　　阳春四月，山野碧绿的野菜遍地皆是，看那胡葱（蒲葱）正伴随着大地的呼吸，透出阵阵自然清香，微风徐来，它们欣喜若狂，兴奋得在野地里手舞足蹈，左右摇摆着身子，在齐着声地合唱。

　　胡葱的生命力极强，不管土壤肥沃还是贫瘠都能生长。胡葱的繁殖力也极强，盛夏季节开花结籽，茎叶枯黄老去，籽粒随风自然播撒到土壤中，根部的葱头也在土壤中待着，待到冬春交界之际又会抽出新芽来，所以胡葱往往是成群生长的。

　　胡葱是我儿时难忘的一种美食，我现在还常常怀念它，甚至经常梦见在地里挖胡葱。胡葱，因为含有一个"葱"字，听长辈说，多吃胡葱会让人聪明起来，小时候的我经常吃胡葱，可是从小到老还是笨如既往。

　　那季节，父母从生产队收工回来，手里都会拿一大把胡葱，而正值蔬菜青黄不接之际，胡葱便成了我们的时令蔬菜。

　　母亲会把拔来的胡葱洗干净，切成一小段一小段，在滚烫的水里煮一下，捞出来拌上一些盐，端上桌便算一道菜蔬了，我们都吃得津津有味。

　　胡葱既能单独炒出美味来，也能作为调味素菜食用。母亲时常把胡葱和玉米粉结合，总能烧出胡葱玉米糊、胡葱粿等一道道美食。胡葱多的时候，母亲还把它晒制成胡葱干，腌胡葱。酸胡葱、胡葱干和其他霉干菜一样，成了我住校时的重要菜品构成，这样我们一年四季都可以吃到胡葱了。

那个年代，每户家里的鸡蛋都十分珍贵，平时舍不得吃，若逢家中来了客人，母亲就会做一碗胡葱炒鸡蛋招待客人，但往往胡葱是主角，鸡蛋只是作为点缀而已。

往往在这样的季节里，放学后，当阳光还暖暖地留恋着田野的时候，我也挎上一个小竹篮奔到田间地头边拔胡葱。有时不用工具，直接用手能拔出来。如果在杂草丛中找到一丛丛的胡葱，只要轻轻握住胡葱中部，就可以拔出来。胡葱根埋得较浅，挖的时候还须小心翼翼的，胡葱的茎叶过于细瘦柔弱，有时挖根时一急躁，就手一拔，难免拉断。

细长的野生胡葱，大概有一尺来长，底下有一颗圆圆的白色葱根头，拔出来的时候尽管还沾着泥土，但总掩饰不住那奶白的颜色。青绿的鳞茎、白色的葱根头，看着就让人喜欢，我们每每都会弄得浑身是泥，但每每都会开心地满载而归。

如今时节，只要我到山野之中闭上眼，吸口气，嘘溜溜，胡葱的香气由鼻孔入胸中，"舌尖上的味道"便满胸飘香。我一面细细感受舌尖上的胡葱香，一面回想挖胡葱时指尖上的春色香，这样的味道是多么熟悉啊！

时光荏苒，岁月匆匆，胡葱的美味却牢牢根植在我的记忆之中，吃胡葱不只吃的是美味，更是在吃一种渐行渐远的记忆。

猪油飘香

在吃不到肉的年代，猪油曾经是一家人荤腥的主要来源。

那些年，农民没什么大的收入来源，家里饲养的猪差不多是一年的收入来源。我家每年杀完年猪后，总是把整头猪的肉拿到收购站去卖，当时六十五斤猪肉是小标准，政府还可以奖励四十五斤饲料票，七十斤以上猪肉为大标准，政府奖励五十斤饲料票，饲料票可以从粮管所购买牌价饲料，其实就是稻谷，价格只有七八分一斤，比黑市的每斤要便宜一毛多。

在那物资匮乏、人都吃不饱饭的年代，猪吃的只能是洗碗水和腐烂的番薯藤，一头猪一年养下来还是那么一点点。有一年我家的猪肉拿去收购，结果连小标准都达不到，母亲只能忍痛割爱，把猪油也拿去，勉强凑成小标准，才领到四十五斤饲料票的奖励。

每当杀猪匠把猪开膛剖肚之后，就会率先将内脏依次取出，主人家会很关注板油和肠油的数量。板油位于猪的腹部，是猪油最集中的地方，出油率高、油渣少。肠油数量少，是杀猪匠用手在猪肠外面一点点剥下来的，出油率低，质量差。

母亲熬猪油的时候，我眼巴巴地守在锅灶边，见母亲用菜刀把生猪油切成小方块，然后投入热锅里进行炼制。开始用温火熬，随着锅内的温度不断升高，锅里慢慢有油渗出来，"方块"也开始漂浮起来。这时要改用小火，"方块"之间相互拥挤着、翻腾着，白花花的油慢慢挤出身上所有的油分，再萎缩成一小团黄褐色的油渣。

随着诱人的油香在屋里弥漫开来，我早已垂涎三尺、急不可耐。好不容易等到猪油出锅，母亲还要用锅铲把油渣挤压至一点儿油都渗不出来，才把油渣盛到碗里。我顾不上母亲"别急，别急，小心烫着"的嘱咐，迅速用筷子夹起一块油渣在盐壶里蘸一蘸，立马放进嘴里，那脆香、那酥麻，仿佛要把人的心都融化，感觉干涸已久的肠胃顷刻间被欢快滋润了。

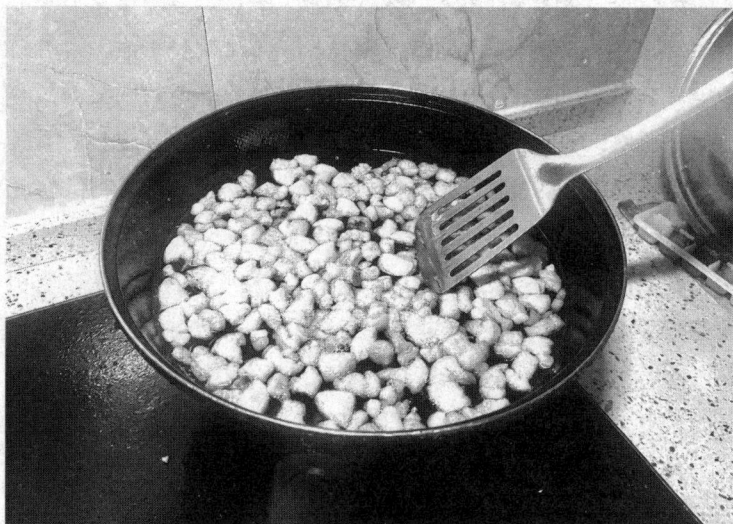

熬猪油

刚熬出来的猪油呈液体状，母亲用勺子舀进陶瓷瓶里，放上一两天后就凝固了，变得雪白雪白，晶莹光润，一打开瓶盖子，香味扑鼻而来。

普通人家过日子，要的是细水长流。一年到头总共只有这么一点儿猪油可以食用，平常时候家里不炒菜，待到菜焐熟时用点猪油拌一下。在那些不放油的"焐菜"岁月里，许多菜只能是枯燥无味，一家老小常年被萝卜青菜搜肠刮肚，以至于面如菜色。

有客人来需要炒菜时，母亲用勺子在油瓶里撬下一小块，在热锅里放上猪油时吱吱的响声传来，那声音似一曲美妙的音乐，好听极了，接着便有一股油烟在厨房里蔓延，一缕缕地直往鼻子里钻，惹人垂涎、勾人食欲，待得那白花花的猪油全部融化呈微黄色时，母亲倒入切好的蔬菜，迅速翻炒，菜香和油香又弥漫了整个厨房，且经久不散，以至于有一段时间，我认为猪油就是人间罕见的美味。

玉米收获的季节，我家经常吃冬瓜汤配玉米粿，母亲烫好玉米粿后，我经常拿到锅灶孔里烤，待烤到一面稍焦时偷偷地抹上一点儿猪油，撒上一点儿盐，那种脆爽的鲜美飘浮着浓浓的香味一直在舌尖萦绕。

每到冬天，我的手总会像松树皮一样开裂，由于买不起雪花膏，母亲就用猪油给我涂抹在裂口上，那些口子居然奇迹般地好了。

在那物资匮乏、油水不充足的年代，人们能够吸入一阵猪油香味，胜似"画饼充饥"，是一种短暂的嗅觉享受，好似当今的人们漫步在五彩缤纷的花丛里闻到飘来的阵阵馨人花香，令人神清气爽！

不知从何时起，曾经"菜光"万丈的猪油遭受了人们的冷落，厨房成了调和油、花生油、玉米油们的天下，猪油慢慢地从厨房里消失了，渐渐地被人们遗忘。但是在下面条时我还是喜欢吃猪油，这不但是因为它使面条更加润滑和提鲜，更是因为我对猪油始终存有一缕挥之不去的情结。猪油的香味，永远飘荡在我的心里。

浦江馒头

浦江县地处浙江省中部、金华市北部，拥有万年上山文化，农耕历史悠久，源远流长的浦江饮食文化早在几千年前就已独具魅力。"民以食为天"，在浦江人眼里，美食不仅仅是一种食物，是待人的礼仪，更是文化底蕴深厚的象征。

浦江馒头做法工艺独特，以面粉为主要原料，没有任何食品添加剂，用酒酿发酵，酒酿发酵出来的馒头具有一股特有的酒香，看起来又松又软，色泽亮丽，其形丰满，活像一个个饱满的气球，馒头里面的空隙就像一个蜂巢。这样的馒头出锅时闻起来清香扑鼻，吃起来则带有一股酒酿的甜润，口感极佳。

浦江馒头分为两个品种，一种是里面没有馅的，另一种是里面包馅的，包的馅以九头芥炒豆腐为主。做馒头工艺复杂，要经过制曲、做酒、和面、揉面、制作、预热、蒸煮、出笼等多道工序。

儿时我喜欢吃馒头，但是家中只在过年时节才会做馒头。做馒头前几天，我们会烧糯米粥，待粥冷却后在粥里面拌上白药（酒曲）和麦麸，几天后就开始做馒头了。母亲在陶泥做的钵头里反复团揉面粉，然后搓成长条，再揪成小团，将其搓成一个个光洁的圆团就好了。如果做菜馒头，则还要把一些事先拌好的馅，填入面团中间，两手的手指灵巧地收边，然后两只手掌轻轻一合一揉，一个光洁的圆团也做好了，过后小心翼翼地将圆面团一一摆放在蒸笼中，摆满一蒸笼，便一笼笼捧到灶台的大铁锅上去蒸。不一会儿，灶台间就弥散开一股白蒙蒙的水汽，香味也随之四溢开来。

馒头蒸熟后要盖上红色"福"字印章，那"福"字极像是娃娃脸上的红晕，更显娇嗔，儿时的我非常喜欢完成这道工序，据说盖红章寓意着喜庆，意味着生活红红火火，吃馒头时和至亲挚友一起分享满满的福气。

"出笼馒头最好吃"，一个个又白又胖，热气腾腾带着鲜香的出笼馒头外形为半圆状，柔软而带韧性，用手一抓，整个馒头缩于手心，放开则复原如初。小时候，有一次看见母亲做好了馒头，我高兴极了，抓起一个就往嘴里塞，可是馒头刚出锅，太烫了，我被烫得大叫，手一松开，雪白的馒头落到了地上，看着已沾上了灰尘的馒头，我用手拍了拍继续往嘴里送。

我特别喜欢吃菜馒头，它的味道和菜包子截然不同，自家磨的豆腐和自家腌制的九头芥，夹杂着馒头发酵后特有的酒香与腌菜香混合叠加在一起，脆爽的鲜美夹着浓浓的香味。

焐肉是馒头最佳的伴侣。把新鲜的五花肉切成大块，放在锅里用文火慢慢地煮透，慢慢地焐，焐肉因此而得名。估摸着差不多了，用筷子扎一扎焐肉，能够轻松扎透了方能捞出，切成三角状块肉，伴以红糖、料酒、茴香等佐料，在每个大碗里满满地装好十六块肉，带皮的大面要朝上放，堆成馒头形状再放在蒸笼里蒸，出笼时色香味俱全。

待色香味俱全的焐肉端上桌时，你的喉结会不自觉"咕噜"起来，舌尖早已被它俘虏。迫不及待地把馒头掰开，夹起一块连皮带肉的焐肉夹在馒头中间，将焐肉和馒头紧密结合，轻咬一口，嘴里肉汁弥散，风味十足，再咬一口肉汁沁嘴，大口咬着吃，肉汁会渗出，才能感觉出融合的滋味。

从前每逢喜宴，酒桌上每人最多可吃两块焐肉，决不多取。有人舍不得吃，便拿回家去孝敬老人。如今，馒头焐肉已是再普通不过的一道菜肴，是大小喜事、请客饭桌上必备的一道菜肴，没有馒头焐肉就成不了席。它依然那么馋人，饭桌上热气腾腾的馒头焐肉，犹如蒸蒸日上的美好生活，给人希望和甜蜜。

如今随着生活水平的不断提高，市场里随时可买到各种馒头，还有三鲜包、蟹黄包、海鲜包等，但这些都是用发酵粉发酵制成的，最令人回味的还是浦江馒头，无论在形色上还是在味道上这两者之间都无法相比。上次我到诸暨市马剑镇（原属浦江县管辖，于 1967 年划归诸暨县管辖），看见几家馒头店生意非常火爆，他们还保留着传统的酒曲发酵做法，当地人还是称其为浦江馒头，因其最早出名自浦江，是马剑镇栗树坪村一户人到浦江学来的手艺，后来邻近村民纷纷效仿，一直坚持传统做法。

浦江馒头才下舌尖，却上心头，那是一种滋味，更是一种情怀，我在心中一直怀念小时候过年时母亲做的馒头，馒头焐肉的香味一直在舌尖萦绕，令我一直怀想着那份香醇浓郁。

九头芥

阳春三月，在田间地头我看到那一丛丛九头芥（雪里蕻），经过秋冬季节的磨炼，在大地回春之时它们显得格外翠绿发亮，生机勃勃，仿佛等着主人去检阅，随处可见农民们收割清洗九头芥的繁忙景象。

眼前一幕不禁勾起我儿时的回忆，令我情不自禁地想起了妈妈腌制的九头芥的味道。

自从队里实行家庭联产承包责任制后，即使在严寒的冬季父亲也舍不得让自留地空闲着，于是在每年的秋冬季节种了许多九头芥。那时候，没有塑料大棚，也没有反季节蔬菜，腌制后的九头芥成了一年到头的家常菜。

九头芥是一种专门腌制而食的蔬菜，如果直接入锅炒食的话，味苦且带有一股辛辣味，很难入口，可是腌制后再食就完全两样了，变得清香鲜美，成了一种食过便此生难忘的味道。

父母把收割回来的九头芥先整齐地堆放在一边，经过闷黄、清洗、晾干等多道工序，才可以腌制。腌菜的时候，母亲先切下菜蕻头，但是菜蕻头也舍不得扔掉，腌制时也一起腌制在菜里面，然后把一丛丛九头芥切细，再拿出一口小水缸，往里放一层菜，撒一层粗盐。父亲则把它一层层压实，最后再压一块重重的大石头封缸。过段时间后，腌制好的九头芥呈淡黄色，色香味俱全。

为了能长期保存腌制好的九头芥，母亲把其中的大部分拿到阳光下晒，最后制成一坛坛霉干菜，小部分则被挤去水分装入空瓶中，由于使用的是保留下来的空饮料瓶，瓶口较小，装一点儿就得用一支筷子塞一下，一边装一边塞，塞得越紧越可以保鲜，这种腌制保鲜的方法能锁住特有的原质风味，使其鲜香脆嫩不变质。

　　九头芥上市时刚好是毛笋上市季，九头芥炒毛笋、九头芥炒细竹笋是绝配，成了农村的时令美食。炎炎夏日，餐桌上的一碗九头芥蔊头汤，更独具鲜香，让人回味无穷。

　　我离家读书时，肩挑着米菜去学校，在我的菜罐里，装的就是满满的霉干菜，差不多管够一星期食用，有时母亲在霉干菜里加炒了点豆腐，那算是上等待遇了。寝室里的同学从家里带来的几乎也是霉干菜，如果有的同学带来的霉干菜里加了点肉，同寝室的同学马上会去抢着吃，剩下的日子也只能天天吃霉干菜。有时吃得实在胃口不开，我们便到食堂里打了开水，用热开水泡上霉干菜，那又酸又辣又烫的味道很下饭，在寒冷的冬天喝得浑身很快就有了暖意，在炎热的夏季也能喝得酣畅淋漓。

　　霉干菜其实不是一种菜，很多蔬菜都能做成霉干菜，比如芥菜、油菜叶、白菜、萝卜菜都是制作霉干菜的原材料，可唯有九头芥腌制晒干的霉干菜独具酸香味，成为佳品。

　　当年为了我读书，父亲种了许多九头芥，到我工作后父亲还是喜欢种九头芥，家中几个瓶瓶罐罐里的九头芥，他们从年头吃到年尾。我每次回家，车的后备厢里总是塞进几个装满九头芥的饮料瓶。除了自用，有时父母还要送些给亲戚朋友，它成了家里最朴素的"礼品"了。

　　九头芥是儿时的味道、妈妈的味道、岁月的味道，它让我品尝了生活的酸甜苦辣，让我度过了难忘的艰苦读书岁月，它让我感悟了朴素的生活哲理，它也让我留下了美好的成长记忆。

难忘葛粉香

近日我从超市买了一斤葛根粉（葛粉）。

其实我吃葛根粉并不是为了保健，而是为了找到小时候的一份回忆，为了寻得对父亲的一种思念。葛根粉那种苦涩醇厚带有泥土的滋味，至今令我回味无穷！

小时候家境贫困，到了三荒春头经常要断粮，解决温饱是父亲每年的头等大事，每到秋冬季节队里空闲之际，为了养家糊口，体弱的父亲带着玉米粿作干粮早早地去山上掘葛藤。

秋末冬初，山上柴草枯黄干萎，只有曲径藤蔓葛根，叶绿葱郁，生长依旧！挖葛根最难的就是从一大片的葛藤丛中找到葛根的根部，面对纵横交错的藤蔓，哪里才是它的主根呢？父亲已有经验能分辨得出，葛根聚集而生，只要找对地方，就是一大片，茎蔓比较粗的，地下的葛根也就比较大。

他先把藤蔓砍掉，再把地面清理一下，就能找到根部的位置了。运气好的话，一根葛藤就能挖出上百斤的大葛根，但这很少碰见，大多数时候挖出的葛根也就几斤到十几斤重。

傍晚时分，矮小体弱的父亲挑着上百斤的葛根朝山下走，葛根比人还要长，他要扛着这么重和长的葛根走上十几里的山路才能到达家。父亲干了大半辈子的挖葛工作，肩膀、手掌、脚掌早已磨了层层厚厚的老茧，慢慢地，这老茧越来越厚、越来越硬；慢慢地，这老茧就成了他身体的一部分，已经和身体深深地融合在一起了。

葛根变成葛粉还有一个像加工番薯粉那样的极其复杂的过程。要经过清洗、敲碎、过滤、沉淀，最后得到的才是葛粉。

从山上把葛根挖回家以后，首先得清洗葛根上的泥土。在冰冷的池塘水里，父母把葛根拿去洗，洗净后，用木榔头捣烂葛根。我家门口，冬阳暖意浓浓，父母抡起木榔头一刻不停地敲捣，"咚咚咚"的捣葛声此起彼伏。即便这样，功夫才下了不到一半，还要过滤和沉淀。每次只能过滤两小瓢，先盛出两小瓢兑上半桶水倒进滤布里，将粉质滤干，然后倒出再兑水过滤第二次。将过滤的水浆倒进一个豆腐桶里沉淀，到晚上时把沉淀的葛粉拿出来便可以当成面粉一样食用了。我小时候经常吃到葛粉做的汤圆、葛粉糊、葛粉粿等。

其实葛根含粉量低，一般只有不到10%，但是父亲的一担葛根可以解决一家人几天的粮食了。由于上餐等不到下餐，我们把葛粉当作主粮食用，根本没有把它晒干的机会。

洗过葛粉的渣叫葛藤筋，拿到供销社是可以被收购的，葛藤还可以做葛藤草鞋。平日里，父亲编制葛藤草鞋有着严格的工序，制作出来的草鞋既美观又耐穿，走路还不硌脚。从小到大，我每次看着父亲穿草鞋都感到十分好奇，不知穿上草鞋是何感觉。父亲总是说："草鞋穿着不暖和，会冻脚的，只要你们努力读书，将来有工作，穿什么都有，不用穿这个。"

父亲掘葛藤直到农业生产承包制后才结束，年老时他经常说现在再也不用去掘葛藤了。

父亲已经离开我们多年了，对我们而言，现在吃饭已不再是一个问题，没饭吃、吃不饱饭的事成了遥远的记忆，葛根粉已经不再是救济粮，而是作为一种保健食品了，但是那种味道一直驻留在我的心间。

故园农事

第二辑

再见吧！双抢

高温肆虐的七月，酷暑难当，想起那些年经历的"双抢"，就像这难耐的暑热一样扑面而来。

所谓"双抢"，就是抢收抢种，抢收就是割早稻，抢种就是插晚稻秧苗。在亚热带季风气候区的南方地区一年要种两季水稻，七月早稻成熟，收割后，必须立即耕田插秧，要在立秋之前将晚稻秧苗插下，如果过了季节，收成将大减，甚至绝收。短短半个多月时间，收割、犁田、插秧十分繁忙，所以那时候的"双抢"，就是农村的一场攻坚战。

"双抢"的第一步，就从抢收早稻开始。

一、割稻

天上还是满天的繁星，只有一丝的光亮，我们一家人拿着镰刀，挑着箩筐，踩着露珠，浩浩荡荡地向稻田出发了。野外只有一丝丝微风，格外凉爽，此时此刻正是干活儿的最佳时机。

一年一度"双抢"就此拉开了序幕。

迷迷糊糊的我揉着惺忪的双眼，走了四五里机耕路后转向山间小路来到了我家的责任田，我家的责任田坎高、田小、田多、路远，父亲在承包时看中的是山湾头梯田承包产量低。

父母已经开镰了，两行倒伏的稻子不断向前延伸，我也只能卷起裤脚下田，右手持一把锃亮的镰刀左手握禾开始割稻，顺着水稻倒伏的方向将其一一割断，当左手快握不住时再用稻叶卷一下继续割，直到实在握不住了才放下，这样打稻时刚好是一把稻禾，然后再把稻禾一把把地按"人"字形堆高。

镰刀与稻秆摩擦之间产生的不间断的吱吱声唤醒了躲在稻被里睡大觉的虫子，它尤其不满我们来打扰，一只只飞来飞去，扑面而来，将我最后一点儿睡意也驱散得一干二净。

此时东方的地平线上已经隐隐泛起了红光，预示着白天又是一天酷暑炎热的天气。

割稻用的镰刀父亲早在前几天已经请师傅磨好了，因此十分锋利，在使用时稍有不慎就会在左手上留下一个血口子，有时坚硬的稻秆也会划破皮肤，像这种情况我们都是"轻伤不下火线"。望着这一丘丘一点儿也不规则的水田，我一脸迷茫。手起稻落，时间一点点过去，眼前的稻子一片片倒下，一堆堆整齐摆放着，慢慢被我们甩在了身后。

割稻时可能还会碰到在水田里游动的黄鳝，看见它，我会放下稻禾去抓，爷爷有次阻止了我，说那是一条蛇，我吓得再也不敢乱抓了，他告诉我："蛇在游动时头是朝上的。而黄鳝游动时头是朝下的。"

不久后，原来整片金黄的稻穗不见了，一块块稻田在镰刀嚓嚓声中露出了一截截整齐的稻茬头，在不知不觉中，最后一棵稻禾倒伏下来，我身上的衣服不知是汗水还是田水浸泡的，没有一处干的。扔下镰刀，我仰天倒在田埂上，久久不语。

如果运气不好碰上雨天割稻，别人都会讥笑这户人家"三十夜淘汤"——我们老家的农民一直保持吃年夜饭时不喝汤的习惯。

二、打稻

吃完早饭后，家里请了几个壮劳力抬了打稻机来到田里，他们把打稻机平放在被我们割好的水田田头，用脚踏着打稻机，打稻机发出了"格砸格砸"的声音，震颤飘荡在旷野远方。知了也在声嘶力竭地嘶鸣着，好像在倾诉着夏日的炎热。两种声音在原野上空交织，奏出了农人的艰辛、农人的辛酸……

看他们把整把的稻穗放在打稻机的滚筒里面脱粒，随着滚筒的转动，打稻机谷仓里稻谷雨点般倾泻而下，已经脱粒过的稻草一把把落在水田里。我家的水田是依靠泉水灌溉，为了能及时种上后季稻，割稻时不能把田里的水放掉，所以大家只能在灌满水的水田里割稻和打稻。打稻时大家分工明确，好长时间我都是专职递稻员，弯着腰把一把把稻谷从泥田里抱起来，深一脚浅一脚踩在泥田里，来来回回，将稻禾递给打稻人。身边的稻子打完了，打稻人分别从两边把打稻机从烂泥田里抬起来，然后往前拖，我在后面推，一丘田的稻子打完了，就把打稻机拖到下一丘田里。有时坎太高，我们就用手抓牢打稻机两边，慢慢沿竹竿将其滑到下一丘田继续工作。

半天下来我已经脚痛腰酸，汗水、泥巴裹满了全身。赤脚顶着烈日，田里热水煮着，头上火烧一样烤着，也无遮挡，也不知道什么是防晒霜。被虫子咬了，只能涂点清凉油，被蚊虫蚂蟥叮咬更是家常便饭。

"吃中饭了。"听到一声吆喝，母亲从五里路远的家中走来，肩挑一担箩筐，一头是菜，一头是碗筷和米饭。这时所有的人都停下了手中的活，在田坑洗了洗手上的泥巴，走到田埂上，围站在母亲拿来的饭菜旁。以箩筐作桌子，把菜放在上面，我抓起碗筷就吃，喝酒的人喝点老酒，不会喝酒的来一瓶汽水，大家蹲在田边，咕噜咕噜几口下肚。"野餐"后大家打个饱嗝，舒口气，趁着休息，有的赶紧点根烟，吧唧吧唧地贪婪吸着。在那样"足蒸暑土气，背灼炎天光"的三伏天里，养精蓄锐，迎接下午的"战斗"。

灼热的阳光直射下来，仿佛要把空气点燃，空气里一丝风儿都没有，破旧的草帽根本遮挡不了滚滚热浪。一俯下身，汗水已然滴淌下来。这完全是一场艰苦的战斗，与酷暑搏斗，凭的是顽强的意志，只要有一丝动摇，感觉就会彻底败退下来，我只有这样咬牙坚持着。

傍晚时分，大家把打下的稻谷肩挑到机耕路上，连同打稻机装在手扶拖拉机上，满载而归，父亲脸上露出一副丰收时的喜悦笑脸。

三、拔秧种田

收完稻谷，必须马上犁田。由于我家田是烂泥田，第二季不需要再翻耕，只要把稻蔀头用滚筒滚一遍就可以插秧了，于是大家进入"双抢"的下半程：抢种。

插秧前先要拔秧。天还没有亮，母亲早早在三点多钟就烧好了早饭，父亲就去请帮工来吃早饭，吃完早饭天还是一片漆黑，每个人手拿专用的"T"字形秧凳和捆秧用的毛竹笋壳。

拔秧时弯腰坐秧凳，两手底边贴秧地，拇指和其他四个指头配合，捏住秧苗根部一小把一小把地拔起，手腕力量沿水平方向拉而不只是往上拔，避免断秧。

两手满把了，便轻轻在水中"哗啦哗啦"晃动，把秧苗根部的泥巴洗去。然后左右稍微交叉叠放在一起，左手捏紧，右手用笋壳条从中间扎牢，打上活结。一束秧一般扎成扁形，而且要不紧不松，紧了不便插秧时打开，松了在抛向田里时成"天女散花"可就麻烦了。

早上拔秧还好，至少不热，要是午饭后去拔秧，头上有骄阳炙烤，脚下有四十多摄氏度的热水浸泡，上烤下蒸，更是苦不堪言。

爷爷还告诉我一个故事：他们年轻时到诸暨割稻，由于"双抢"时节每天早上都起得很早，有时拔秧时没有听见隔壁"哗啦哗啦"的声响，多半就是隔壁的人在秧凳上睡着了，于是他悄悄地在那人耳边说："睡到里面一点儿。"那个人还以为在床上，把屁股往里面挪了一点儿，只听"哗啦"一声落水声，引得大家哈哈大笑。

上午一般不插秧，因为温度太高，秧苗插下便晒得干枯焦黄，不利于水稻的成长。于是我们把拔好的秧苗一簇簇藏在水沟里，用稻草密密层层地覆盖好。

下午三点，大家把已经拔好的秧苗挑到田埂，一个个抛在已经滚好的田里开始插秧。

插秧是一门学问，既要讲究速度，更要讲究行间距，既不能太密也不能太疏，太密不利于水稻通风采光和正常的生长发育，太疏影响产量。

种田时将秧苗抽出半个，另外半个秧苗抛在身后，左手握住半个秧苗，右手分掐成一撮撮，快速地按进滚烫的泥巴里，弓腰有序地往后倒退着，一棵棵秧苗也就慢慢将水汪汪、白茫茫一片的水田装扮得郁郁葱葱起来。

插秧时六株为一排，从左插到右，双脚不能抬起，就在泥水里一路倒退，两脚刚好在秧苗的缝隙之间，退成两条笔直的水沟。如果在插秧苗的位置踩了一窟窿，没有泥巴，秧苗就插不住了。

插秧需要一直弯着腰，插秧的人们已经个个汗流浃背，草帽下的汗水顺着额头流到眼里，一阵刺辣，也无法分出手来擦一把。

我开始学插秧，要拉绳子（称为种田绳）才能种直，也总是把秧苗插在自己的脚印上，若秧苗浮起来了，只能默默地重栽补上，因此速度非常慢。

插秧时，我最喜欢面积最小的那丘田，父亲总是叫我一个人独立完成，插下一垄时我便可以沿着田埂从田尾走到田头，借机伸伸酸痛的腰。

最让人恐怖的事情是蚂蟥偷袭。这种软体动物，软软的，附在手上，甩也甩不掉。即使你穿着长裤，还用稻草扎住裤脚，它也会想方设法、无声无息地爬上你的小腿袭击你，吸取你的血液。

火红的太阳渐渐往大山后面躲去，好像整天锋芒四射让它自己也不好意思了，在这黄昏时分透出了些许温柔。可是可恶的蚊子上阵了。两手在机械性忙碌的时候，蚊子围着你的脸嗡嗡个不停，赶也赶不走。具体咬到哪里也不清楚，只知道痒得难受，忍不住用泥手去抓，于是，整个人成了泥人。

如果碰到下雨天气插秧，那要头戴雨帽、身穿蓑衣，那种赤膊穿蓑衣把身上戳得又痛又痒的滋味实在不好受。

有几年由于伏旱时间过长，我家的水田缺水，不能及时插上秧苗，一直等到立秋后半月，老天还是没有下雨，父亲只能忍痛种上产量很低的旱地作物：荞麦。

待家里的水田全部插下秧苗，稻谷全部晒干，"双抢"才算基本完成，大人、小孩们方能稍稍歇上一口气，然后一边给刚种下的晚稻浇水、施肥，一边晒干稻草。

四、晒谷

晚上，在微弱的白炽灯灯光下，父母把白天收割回来的湿稻谷进行筛选，然后堆在房子角落的地上，以便第二天晒谷。

第二天天还没有亮，一箩筐一箩筐的稻谷就被挑到自家的箥垫上。当时在晒谷场大明堂里划分了一块块箥垫基，各家都会分到几块用来晒稻谷，还有不太明显的分界线，但有时为了一点儿边界问题，妇女经常发生争吵。

稻谷晒上一到两个小时，就要用耱谷耙在箥垫上翻动一次，如果第一遍是直耱的，第二遍要改用横耱，一直要晒到太阳西斜，稻谷上没有日照了才能好收谷。

晒谷最怕的是天气的突然变化。有一次，天空忽阴忽晴，几片乌云把太阳遮住我。"不好！要落雨了，快收稻谷啦！"我便急急忙忙、风风火火地把稻谷耙作一堆，准备装进筐里，然而太阳忽然又出来了，阳光又明媚了，无奈我只好又把稻谷推开继续晒。一会儿，天空又乌云密布，我又哇哇大叫……如此反复几次，把我折磨得身心疲惫。当一家人饭吃得正欢时，忽然天空电闪雷鸣，瞬间倾盆大雨……我们全家画面在这一刻忽然定格住了！马上放下饭碗去抢收谷了，还是被雨淋湿了。

没有阳光的日子是沮丧的，也是无奈的，几个袋子里的稻谷都等着晾晒。由于害怕稻谷发芽，影响稻米的质量，我们把稻谷摊在家中的地上晾着，但房子面积太小，得摊得厚厚的一大层，争取自然风吹，待到有阳光天气时再拿出去晒。

稻谷经过两个三伏天的太阳后还要经过风车清扬才能入仓，承包到户的第一年我家单是早稻一季就收获了一千多斤，从此彻底告别了吃不饱饭的时代。

五、稻草

每抢收完一丘稻田，我们要及时地撇稻草。

撇稻草也是一项技术活，手拿一小把稻草捆在一把稻草的上部，小头塞进去，然后靠在腿上，用右手拉住另一头，拉紧了就好了，拉得不紧就会散架，只能重新再撇。

把撇好的稻草从泥淋淋的水田里拖出来，立刻要移到附近的山坡上或略为宽阔的田埂上或公路上，田里的稻草都移走了，就准备滚田。

拖稻草时，蚂蟥听水响，软柔柔的大蚂蟥、小蚂蟥，在浑浊的水里身子一闪一闪，不声不响游动。不多久，我的腿上就叮上好几条，麻痒麻痒的，这是在吸我的血，我扯掉一条，又叮上一条。为了完成任务，有时我干脆懒得管了，看它们胀得鼓起了身子，我在田埂上一跺脚，蚂蟥就滚下来了。

稻草是个宝。猪栏里的肥料靠稻草，养蚕时纺蚕山需要稻草，冬天里垫在席子底下的稻草也要干干净净、蓬蓬松松。

大路小路两边都被各家各户占领了，一丛丛稻草散立在道路边，每隔几天就要去翻晒一下，每到天气变化就要把稻草收拢堆成简易草垛，出太阳时重新再晒。

稻草晒干后，许多人家把稻草用拖拉机运回家中，而我的父母为了省下五元钱的运费坚持肩挑，他们一担又一担地将稻草挑回家放在堂楼顶，来来回回不知道要多少趟。

我也挑过稻草，一百多斤的稻草压在肩膀上，路上不停地用搭柱停停歇歇，硬实的竹篙压在肩膀上，不一会儿就会把我的肩膀磨得通红，时间长了便火辣辣的，肩膀上的肉也肿起来，每走一步都会疼得一哆嗦。我只会左肩挑柴，不会换肩，所以我的左肩膀上长出硬痂，磨成老茧，我小时候正是因为只压一只肩膀，长期超负荷重压下，身形微斜，至今身体不好。日头像火一样射在脑袋上，眼睛都睁不开，大汗淋漓，衣裳像浸了水。

"双抢"时节，骄阳笼罩，热气沸腾，相伴着知了不知疲倦、声嘶力竭的鸣叫，汗流浃背是常态，衣服湿了又干，干了又湿，留下一块块灰白的汗斑，用手在耳窝、下巴等处一抹，竟是细沙似的一层盐渍，还有稻田里四处横飞的蚂蚱、螟虫和蚊子，水田里难缠而吓人的蚂蟥，都给那些年的"双抢"刻上了特殊的时代印迹。

六、再见吧，双抢

"双抢"让我磨炼了意志，学会了坚强，懂得了珍惜，那是一段沉甸甸的记忆，是一笔厚重的人生财富。"双抢"是一种精神，是一种不怕苦、不怕累、不怕热的精神，正是这种特殊的"双抢"精神，典型代表与集中体现，把这种精神融入现在的各项工作中，还有什么事情不能做好？随着农业机械化、现代化水平的提高，以及农业种植结构的调整，虽然"双抢"渐成往事，但"双抢"精神永驻。

时隔三十多年的今天，突然想起了双抢这个词，回望曾经贫瘠的岁月，每个有这份经历的人，感受或许各不相同。当年热闹、繁忙、紧张、劳累的"双抢"渐行渐远了，唯有看到低垂的稻穗和鲜嫩的秧苗，在轻声诉说"双抢"那曾经发生过的故事。

　　时光如梭，这种特殊的经历此生不会再有，忘不了的"双抢"，再见吧，"双抢"！

割　草

前日，我一个人走在田野上，在一条小渠沟边，见一位老人正在割草，镰刀挥舞处，一片碧绿的青草倒在脚下。我走上前去，和老人打起招呼。

"老哥你好！好久没见人割草了。""是呀，如今没人干这活儿了，我家饲养了一头耕牛，明天可能要下雨了，给它准备一点儿吃的。你看这路边，到处都是草，连自家庄稼地里的草都不收拾了，想当年，别说田地里，就连路边的草也早已被人割光了。"

他的一番话打开了我的心绪，一下子把我带进了 20 世纪 70 年代，勾起了我对儿时割草的记忆。

在那个年代，父母会利用劳动以外的空余时间，像在早晨、中午或傍晚去山上割草，而孩子们则利用放学后的时间和假期去地里割草。当时草的用处特别大，主要是垫栏（直接倒入猪栏里面给猪吃，吃不完就是栏肥），其次是割猪草，作为猪的食料。

每每放学，我总是与一些小伙伴丢下书包，拿起芟机（后来是镰刀），手挎竹篮，三五成群兴高采烈地约好地方往山上割草去。农家孩子没有不割草的，到了山上，大家用灵巧的小手，挥刀向前，一把把、一堆堆将草不停地往各自的说大不大说小不小的篮子里堆。山风吹拂，舞动着大家的衣衫，大家就仰起稚气脸蛋，呵呵地嚷，一不小心，稚嫩的小手被草丛的野刺扎伤了，也全然不顾，小小的手布满了条条伤痕。割草大都在田野山坡，阳光充沛，无须涉足深山老林，不必启用大刀阔斧，虽有水蛭蚊虫叮咬，但只受点皮毛之伤。到天黑时，每个人都背着满满一篮草回家，几乎每天如此。

记得我刚学割草的时候，连割草用的刀都不会选。一次，我放学回家就急匆匆地到家里找钩刀，准备去割草，大我一岁的邻居伙伴就笑我："你怎么拿着砍柴用的钩刀割草？"我说："没找到芟机，用钩刀也差不多。"邻居伙伴成竹在胸："差不多？你割一割试试吧。"结果，邻居伙伴割的草早已满满地一篮，而我力没少出，却割不了多少草。

在农村生活的人都知道比较厚重的钩刀是用来砍柴的，割草时大人用草刀，它的长相和钩刀差不多，只是轻薄一点儿，弯角比钩刀大一点儿，小孩用的是芟机，后来才出现镰刀。选对一把刀对割草很重要，大家都在精心选择一把好的刀。好的刀刀锋锋利，刀把弯曲有度，看着顺心，割草顺手，还是炫耀的资本，一把刀保养好了，可以用上许多年。自此以后，我明白了刀好坏在割草使用上的差距，再也没有拿着钩刀去割草了。长大以后，我渐渐懂得了这里面蕴含着"工欲善其事，必先利其器"的哲理。

我特别怕夏天去割草，头上日头火辣辣的，仿佛火烤，实在不好消受。这也罢了，更特别的是，这时节，那些藏在草丛中和乱石堆里的蜈蚣、毒蛇、马蜂之类更是令人猝不及防。我最害怕从中跑出蛇来，有些蛇不动时很难察觉，它与草一样的颜色，一旦受惊就乱窜，甚至追赶人呢！听大人说五步蛇就是如此，这种蛇剧毒无比，被它咬到，据说走五步就会死人！

有一次，我看到一片嫩草十分茂密，没及思考，伸手就去割！草像铺了一层绿色的地毯，油亮亮的。我挥动艾机，"噌噌噌"，一会儿就是半篮了，别提多高兴了。突然，从我脚边的草丛中窜出一条鞭杆粗细、三尺多长的大青蛇，吐着长长的信子——"啊，蛇！"吓得我和伙伴丢下东西，跳起来就跑。可以想象，一个十岁的孩子在遇到一条大蛇时那惊恐害怕的样子。后来有好几次在梦里都被那条大青蛇吓醒，以至于现在见到蛇，我还望而生畏。

有一次我的一位小伙伴在割草时误碰了漆树，数日内皮肤过敏、红肿，很是可怕。听大人说碰到这种树后，身体裸露部位就会立即肿起来。于是，大人将它视作危害，见着它就要全副武装地清除掉。要是小孩到山上割草，大人也会一番叮嘱：远远躲开，不要招惹它。由于"漆"和"七"谐音，老人还会口授一首古老的口诀，以备"护身"之用："你是七，我是八，一刀斩你七八节。"

割草的名堂还真多，一般小一点儿的孩子割猪草、兔子草这些嫩一点儿的草，猪、兔都爱吃；大一点儿的孩子，大都割些老一点儿的草，这样的草牛爱吃也可以垫猪栏。割垫猪栏的草比较好割，因为不管什么样的草都可以，长得老一点儿的草也可以，反正是草多肥就多，但是给家里割点猪草就比较麻烦了：猪草的种类不一样，主要是田间地头的一些狗尾巴草、苦菜花、马兰头、猪耳朵草等，这些草要精心挑选，不然猪不要吃的。将这些草割回家，母亲还要混点米糠煮熟后才让猪吃，当时猪草主要还是靠番薯藤、花草，然后是山上割的野草。有时我们摘的一些野菜也可以留下来给人吃，比如碰到红牛（格工，意为小野草莓）就马上摘下来吃，有时还舍不得吃，用一根草把它串起来。带回家来慢慢品尝。

往事如梦，历历在目，我已有三十几年没摸艾机了，前些日子回家，儿时割草的艾机早已不见了，只有几把镰刀还挂在墙上，锈迹斑斑。父母走了以后已经没人用它了。

儿时割的草品种因绿化之需现在城里已经栽了不少，而那时我们割的许多猪草现在已经成为城里居民的美味佳肴了。

砍　柴

在那个没有燃气灶的年代，木柴是农民最重要的生活资料，父亲曾经多次说过："只要有柴有米就饿不死人。"因此农村山区的孩子，大都有上山砍柴的经历，儿时的我也曾经砍过柴，至今还有着深刻的记忆。

我们小山村人多地少，本来就是丘陵地带，因为人口太多，可以开垦的山地都已经开垦出来种植粮食了，所以附近无柴可砍，砍柴最起码要到六七里以外甚至更远的山上去。在那个年代

不能随便上山砍柴，到别人家的山上去砍柴叫作偷柴。我们村柴山很缺少，可是隔壁诸暨上河村的木柴资源很丰富，而且柴样很好，于是经常出现偷柴的现象。

砍柴最好的时机是夏、冬季节。因为春季的木柴刚发芽，新枝嫩叶含水量很大，挑着太重，不合算，农民一般不会在春季去砍柴。秋季农活儿太多，没有时间去砍柴。因此夏季水稻返青季节和冬季空闲季节是砍柴的最好时机。

砍柴可分为砍茅柴和砍硬柴。茅柴是指没有大的枝丫和树干的柴火，以地上长的茅草和小灌木小竹子为主，茅柴主要用于做引火柴烧，砍硬柴就到更远的山上去。

俗话说"磨刀不误砍柴工"，刀不快，砍起柴来费劲，半天砍不断一根树枝，反之钩刀磨好了，砍柴就快了，于是一般在头天晚上我就在门口的磨石上来回磨好了钩刀。

到山上去砍柴非常艰苦，我一天要砍二担柴，即上午一担下午一担，全副武装，腰挎一把钩刀，一副柴索套在一根竹篙的顶端，然后背在肩膀上，手拿一根担柱。

轻松走过几公里的机耕路后，我就开始爬小山头，山势开始变得陡峭，路越走越窄，后面有些地方就干脆没路了。脚踩在悬崖般直立的山背上，寻找可以搁脚立足的地方，站稳了就拿出钩刀开始砍柴，此时耳边传来一阵阵呼风声，山风拂来，全身感到一阵阵凉，还可以隐约听到从阴森森的山底下传来的阵阵的流水声，夹杂着一丝丝飘来的时有时无的雾气，仿佛走进了一个传说中滋生鬼怪的恐怖世界。

现在的人们如果置身于这样的场景，往往会大赞风景的美丽，拿起手机一通乱拍，到朋友圈晒晒，而我们那时只顾着砍柴，嘴里喘着气，哪有心思去欣赏什么风景？

上山砍柴可不是单单纯体力活，还是一门斗智斗勇的艺术课。为何这般说？因为在山上要时不时看有没有"看山佬"巡逻？一旦被"看山佬"发现，可能你的竹篙、钩刀等砍柴工具连同刚砍的柴都要被他没收。

我们选择柴多柴好的地方，这么老远来，一定要选硬柴，茅草柴就不要了。对于我们来说，这可是难得的好机会，所以要在灌木丛中挑好柴。我们一边挑一边砍，砍好的木柴堆在一边，这里一小堆，那里一小堆，然后搬过来成一大堆，找几根荆条织好捆起来。

上山砍柴被带刺的灌木扎到手和被虫咬那是常事了。特别是在砍青柴时，我最怕害虫"夹郎"（当地方言，是一种尺蛾），它是一种全身长满绿色毛的毛毛虫，爬在青柴上，与柴的颜色一样，不容易发现。砍柴时，手或腿碰到它，它的绿毛就会刺在皮肤上，弄出一块红肿，痛得不得了，让人哇哇直叫，刺进肉里的毛毛也不知道怎么弄出来。因此在砍柴时，就算在炎热的夏天也必须穿长袖长裤的服装。

还有一次，我在砍树枝时，一不小心捅了黄蜂窝，许多黄蜂飞出来要刺我，我就不顾一切地向山下跑，可一众黄蜂紧追在后，追上了就狠刺我，痛苦和害怕使我大哭大叫。后来，砍柴的同伴告诉我，捅了黄蜂窝，千万不能逃，赶快蹲下不动，两手捧头，首先要把头保护好，黄蜂看看没有动静，就会自行飞走了。

村里规定松树枝要留三盘一顶，可是会爬树的人哪个还会去管这个规定？因此那时候的松树可能只留下那个顶了。

捆柴更是一门技术活。捆柴用的就是山上的小竹条或藤条，先打好结，然后把竹条或藤条放在地上，再将砍好的柴整理好，拦腰放在枝条上，然后将枝条两头连接起来，用脚踩着砍好的木柴一步一步箍紧，直到没有松动的余地，才将枝条两头扭在一起打上死结。这样捆好的柴才好担，不会在半路上散落。柴捆得不紧或捆得不好，挑在半路，经常会"打担"，使人摔个四仰八翻。我一般都是跟随母亲去砍柴的，这些活都是母亲帮我做好的，母亲还帮我把竹篙插进柴里，宛如一个"H"形，全部工作做好了，我只是用肩膀直接去挑就可以了。

我们出去砍柴从来不带茶水，口渴了，在一些山沟的阴凉处，喝"山坑冷水"。由于经常在山上砍柴，我们已经非常熟悉那里的一口"山坑冷水"，直接用双手捧起甘甜的山泉水灌个半饱。

一切准备工作做好了，就用竹篙沿着捆好柴的枝条下方深深地斜刺穿，然后手执竹篙将柴高高举过头顶，再将竹篙的另一端斜刺入另一捆柴中，平衡后才可以稳当地将柴挑起来。

砍柴最辛苦的是挑柴。来回十几里的山路，而且回家的蒲阳岭很长很长，空手走走尚且不易，回来时挑着百八十斤重的担子下山，硬实的竹篙压在肩膀上，不一会儿就会把肩膀磨得通红，时间长了便会火辣辣的，肩膀上的肉也肿起来，走一步就疼得一哆嗦。我只会左肩挑柴，不会换肩，和小朋友一起去，看他们一只肩膀挑累了，马上用担柱平衡，然后转了一个身换到了另一只肩膀，我不会换肩只能用担柱拴牢，休息一会儿再走，因此总是赶不上其他人。

从陡峭的山路上挑着担子往下走，可真是步步艰辛。一只手得抓住柴担，身子得斜着，另一只手拿着搭柱，两个脚加上担柱呈三角形一步一步往下挪。山上原本没有路，砍柴的人多了，便走出了一条羊肠小路。如果找不好落脚的地方，脚踩松了或者踩到滑动的石头上，便会连人带柴从山坡上滚下去，凶险万分。世人常说的"一失足成千古恨"这个成语，不知道是不是从砍柴人的口中流传出来的，但"磨刀不误砍柴工"的成语，则一定是樵夫们说出来的了。

有时候山坡太陡，实在挑不下去的时候，被逼得没有办法了，便只有把柴担子解散，把柴火从山上滚下去，到下面再重组担再挑。当然这是便捷讨巧的法子，如果柴火在中途滚散掉了，那就得不偿失了。

"山上的樵夫把柴担……过了一山又一山……"越剧《梁山伯与祝英台》里的唱词印证了当时的情形。

辛苦砍得一担柴，历尽千难万险，吃了中饭后出去砍柴，挑到家里的时候，往往天都快黑了。把柴担子往家门口明堂上一扔的时候，全身都像要散架了似的，往往是汗水和着泪水往下流。这中间，混杂着的是饥饿，是惊吓，是委屈，是疲惫。

我母亲是砍柴的能手，她砍柴的时候没有一个多余的动作。和母亲出去砍柴，是我最骄傲的事情，母亲能把小孩手臂粗的灌木拧成麻花，捆住的柴，非常紧，非常好看，以至于我家到改革开放初期木柴总比人家多，从来都没有缺过柴，直到二老走的时候还堆满了一屋子干木柴。

往事不堪回首，而今百味杂陈。假如让我抒发感受，现在的年轻人离开手机立感百无聊赖，他们已经远离了那种上山砍柴，也远离了那种劳动的艰辛和收获。我真希望如今年轻人都能去体验一下上山砍柴的过程，充分体会生活的艰辛，磨炼出坚忍的意志，吃过最苦的东西，方才更懂得珍惜！

小时候砍柴的经历深深地印烙在我的心坎上。抚摸它已经没有痛感，只有如晨雾般泛起那个时期困难生活的苦涩回忆。每每在不经意间看到父母在世时历尽艰辛砍来的木柴，那些如今还留在屋子里的已经虫蛀的干木柴，我的心潮总会伴随着一股悄然涌上的泪花，眼睛顿时便潮湿起来。

自从 1992 年参加工作以后，我再也没有砍过柴。如今我们的生活条件得到了很大的改善，农村里家家户户都用上了液化气和电磁炉，连山区的人都不用砍柴了，这都是为了能够保护好山上的生态环境，践行绿水青山就是金山银山的理念。

可当年上山砍柴那一桩桩往事，好像就在昨天，成了我难以忘却的往事，尽管世事沧桑，生活巨变，那段砍柴的经历却始终在我的脑海中盘桓，成了心中抹不去的记忆。

菜地里的童年

在 20 世纪 70 年代，除了生产队公共的土地之外，队里也给每一户社员留下一小块自留地，自留地可以自己自由安排，一般社员都是用来种菜。

经常在傍晚时分，我跟随从生产队劳动收工回来的父母到自家自留地里去。父亲挑着肥料走在前面，我背着锄头跟在后面，尽管我还不能干较重的体力活，但是拔草、捉虫、采摘蔬菜之类的轻活，也能够帮得上忙。

菜地里鸟语花香，郁郁葱葱，呈现一片生机勃勃的景象，因此我非常喜欢到菜地里去，时不时还可摘野果、捉知了。有时父亲让我掘地，并教我种菜，菜地里的一切总是让我觉得新鲜，怎么也玩不够。去菜地的次数多了，自然而然我就认识许多蔬菜品种，也学到了一些种菜的知识，为以后自己种菜打下了一定的基础。

在学着种南瓜以后，有一次我又找了一个破脸盆，里面装满泥土，然后又到父亲那里偷了一小把不知是什么的菜籽撒在上面，装模作样地也在嘴里含一口水"噗"的一声喷到上面，然后放在门口的窗台上。过几天后去看，真的也发芽了，我满心欢喜。为了使它快点茁壮成长，我每天去喷水，可能是水分太多了，不久后它就枯萎了，我因此心痛了好一阵子。

立秋后要种大蒜，我和父亲一起到菜地里，有了种南瓜的教训，种大蒜的时候我特别注意吸取了上次的经验——既然南瓜籽是尖的那一头朝下，那么种大蒜也应该如此吧！

父亲平整好了要种大蒜的地块。只见他把一头大蒜剥成一瓣一瓣。我说，大蒜让我种，我像种南瓜籽那样把尖头朝下插，父亲生气地骂道："你怎么会这么笨?"然后把我种的全部拿了出来，他自己重新插。我仔细地观察，发现种大蒜时，父亲是把蒜瓣大的那一头朝下，小的那一头朝上。见我有点疑惑，父亲跟着解释说："南瓜籽和大蒜的蒜瓣外形差不多，种法和南瓜刚好相反，蒜瓣大的那一头是它的根部，小的那一头是发芽长蒜苗的地方。"我信服地点了点头，想不到，这种瓜种菜还真要有技术。

当年不像现在这样有反季节蔬菜，什么季节种什么蔬菜，收获什么蔬菜。夏季菜地里一片绿油油，有茄子、辣椒、苦麻、长豆荚等，因为收获了春分后种下的果实，此时各家各户夏季的菜品最丰富。秋分之后就种大蒜，到了严寒的冬季，餐桌上只有白菜和腌松菜，而且经常是没有猪油的，每次吃饭时长辈都教育我们要节约粮食。

我最喜欢跟奶奶到她的菜地去，因为奶奶的菜地里有条小水沟，我闲着没事，可以玩水和泥巴，我还和奶奶一起给菜浇水，当我把桶里的水慢慢浇向菜苗时，小菜苗伸展开嫩绿的小叶子，似乎在微笑着跟我道谢。

当年我家种菜用的都是农家有机肥，主要来自猪栏和厕所。此外，我爷爷还自制有机肥，将一些树木的落叶、铲下的草皮、地里的秸秆，用塘泥或阴沟泥封成堆，任其慢慢腐熟，这叫作"焦泥灰"，用时扒开，既可疏松土壤、改善土质，提高土壤的肥力，又可减少对蔬菜的污染。

自己家菜地里的蔬菜是很少喷洒农药的，有了虫子得亲手捉，或下饵料诱捕。我们由此还掌握了虫子的活动规律，最好选择在傍晚或凌晨下手，傍晚天色昏暗害虫活动迟缓，凌晨则还未来得及藏匿。

我最讨厌的是拔草，草总是悄无声息地冒了出来，拔也拔不尽，长得极快，几天不见，草就侵占了菜的地盘。清除野草是一件比较麻烦的事情，炎热的夏天里搞得我汗流浃背，尽管如此，我还是会帮父亲去清除野草，父亲曾经告诉我："如果不清除野草，蔬菜和野草会争抢肥料和空间，造成蔬菜没有收获。最难除的是'革命草'，它不但繁殖能力强，而且很不容易除，即使斩草除根扔到石头上，它还是会成活的，即使被猪吃了，猪肥撒在地里，它的种子还会发芽生长。"

掰玉米的时候，菜地里热闹非凡，总是会招来一群小朋友砍玉米秆，因为那时候没有甘蔗吃，玉米秆就被当作甘蔗啃。

我们只要听说哪个地方在掰玉米，就赶去用钩刀在根部切一块尝，如果甜，就齐根砍下。一趟下来我们可以砍一捆，背回家，啃起来甜汁满嘴流，就和吃甘蔗差不多，这对平时难以吃到糖和甘蔗的我们来说无异于奢侈的享受。

如今，随着人们饮食观念改变，食用绿色健康食品正在全球蔚然成风。去年开始，我在小区附近租了半亩地种菜，不仅吃上了自己种的无公害蔬菜，同时翠枝绿叶和硕果累累也成为一道亮丽的美景。自己种菜既健康养生又能绿化环境，增加蓬勃生气，为环保尽一点儿心力，也能省点买菜的钱。

一开始由于没有技术，只有儿时留下的那点种菜知识，我总是种不好菜。外行看热闹，内行看门道。要想学到真正本领，只有虚心向懂门道的内行请教才行。

一天又一天，在松土、浇水的过程中，我体验到了种菜的乐趣：当你看到那些蔬菜在自己的精心培育下慢慢长大，那心情好像自己的孩子在成长；当看到菜地里长的红红的辣椒、紫色的茄子、金黄色的土豆、银色的白菜、碧绿的蒜苗，我真正感受到了丰收的喜悦和甜蜜。

"走在乡间的小路上，暮归的老牛是我同伴……"哼着小曲，迎着微风，闻着花香，沐浴在温暖灿烂的阳光里，我听着清脆悦耳的鸟鸣声，无忧无虑地漫步在田间小路，背对着蓝天。尽管种菜是一种体力劳动，但是种菜陶冶了我的性情，丰富了我的生活，还美化了环境，它带给我的是快乐、充实、满足和希望，更是一种情趣和境界。

难忘麦子香

　　转眼间又到了小满节气，这本该是麦子收割的季节，可是我们在江南地区已经很难看见小麦了，我不禁想起 20 世纪 80 年代刚刚实行农业生产承包责任制时种小麦、收割小麦的情形，眼前呈现了那割麦、挑运、打麦、在农村明堂一片热闹的景象……

　　历史上，小麦的栽种主要分布在黄淮流域。直到唐宋时期，人口流动频繁，尤其是唐安史之乱以后，出现了第二次和第三次北方人口南迁高潮，小麦由此推向全国。唐代的诗文中有不少南

方种麦的记载。人宋之后，南方麦作发展更为迅速。尤其是靖康之乱后，宋廷南迁，小麦在南方的种植达到了高潮。

其实我们江南的气候条件不适合种植麦子，过去因为缺少农药化肥，江南的小麦产量很低，记忆中能有二三百斤一亩，已是高产，而且一般只有良田精耕细作才有此收获。但小麦最大的作用是填补了三荒春头、青黄不接时人们的肚子。当时稻谷单产低，种植技术落后，亩产没有现在的超级杂交水稻高，正好赶上人多力量大的号召，父辈大部分是吃了上顿没下顿的。而冬季种植的小麦即使产量很低，也总比没有好，加上没有什么经济作物可以种，于是出现了一年三熟的局面。

那时刚刚实行农业生产承包责任制，农民的生产积极性很高，充分利用了土地资源和气候资源，在地里每到十一月份番薯收完后马上种上小麦。小麦和油菜一样都是越冬作物，一年二熟。在田里每到秋季的晚稻收割后，马上种上越冬作物小麦、油菜或花草，达到一年三熟。

我曾经跟随父亲种过地里的小麦和田里的小麦，特别是田里的小麦，种植时要求把排水沟搞得深一点儿，用种田绳拉起来，一笼一笼笔直美观好看，然后在上面撒下麦种，盖上栏肥和泥土。

寒冷的冬天，鹅毛般的大雪飘然而至，像梨花从天上纷纷落下来。又像是天上的星星，千姿百态，轻轻的、凉凉的、柔柔的，滋润着整片小麦地，放眼望去，那真是一片银白色的世界。这可乐坏了父亲，他说："瑞雪兆丰年!"

第二年立夏后，收割小麦了。

快临近收麦的几天里，父亲每天都要在日头刚升起来的时候去麦地里瞅上一眼，来确定麦子是不是可以下镰，晌午的日头太晒，白晃晃的，耀得人眼疼。连续跑上三五日，父亲便会将艾机都搜集起来，端着一碗水，坐到门槛上面，在磨石上嘶啦嘶啦地来回拉着，磨好的艾机用手指试过锋利度后，便整整齐齐地放在一旁，有时父亲也会请专门上门磨艾机的师傅磨。

割田麦时往往要请人帮忙，因为时间比较紧，上午还是一片黄麦，下午就要种好早稻，我们这里的气候条件不适宜一年三熟的。

割麦时，我弯下腰，左手揽住枯黄的麦秆，右手握稳艾机，在距地面两三厘米的麦子根部，稍稍使劲拉动镰刀，麦子随即被割倒，整齐地堆成一个个小堆。但割了一会儿，腰就僵硬了，我慢慢地站起来，抬起头，望望天。太阳像火球一样，毒辣辣地照射着大地，明晃晃的阳光刺得我睁不开眼睛。四周像个蒸笼似的，热浪在身边翻滚，汗水湿透了衣裳。

我们其中一个人在中间开行，两个人在两边紧跟着，最后一个人是捆麦子的，用嫩毛竹（当年长出的毛竹）的条子将麦根对着麦根拧在一起，捆成一捆。一前晌，地里便会整整齐齐地捆上几十捆的麦，等到晌午了，人也热了也乏了，就坐到地头的树荫下吃干粮喝水，然后用肩膀将捆好的麦挑到村里的明堂上。

麦子挑运到麦场后，自然也是人工打麦。人们使用稻桶，夹起大碗粗的小捆麦子，举过头顶，使劲地向稻桶上砸去。麦子砸在上面，麦粒即可轻松地掉下，这样的活儿必须在正午时候干，因为那时候的阳光正好，轻轻一摔麦粒就能脱离麦子，就是第二天两手臂都会痛得发麻。脱粒干净的麦秆还要一点点地将齐捆扎堆码好，留着生火做饭用，我们村有个造纸厂还会收购。

小麦收割后有粮食吃了，家家户户都做面食了，做得多的是马铃薯咸菜面条，吃得父亲脸上又露出了笑容。

我们当地种植的小麦不单单是产量低，而且质量远远不及北方一年一熟的好，不管是柔性还是韧性和北方面粉都是无法相比的。可是在那个年代，解决肚子温饱问题南方的冬小麦是功不可没。

在曾经的土地上，已经很多年不见麦了，有些种植了经济作物，有些成了树林，有些就干脆荒了。前些日子回家，看见还有几把艾机还挂在墙上，那曾经闪着寒光的艾机，早已经锈迹斑斑，在不起眼的角落里无人问津。父母走了以后，已经没人用它了。

五月，又到麦子收割时，好想在那土地上，大日头下面，再提着艾机，割上一场麦子。

玉米熟了的季节

玉米熟了，学校放假了，小孩子们乐了！这是笑声溢满的时刻，各家厨房里飘出的玉米的香味，打动着我的味蕾与内心。

每年春分过后，父亲就在自留地里种上了玉米，在斑斓多彩的童年记忆中，每年玉米的生长期和成熟季，都让我充满遐想和憧憬，那是一段快乐的日子。玉米熟了的季节，是一年当中，小孩们开心的季节，这与收成无关，与期盼有关。

首先是有玉米秆吃了。我小时候很有经验，挑些玉米秆根部带有青紫色的，玉米秆是极甜的，还有那种玉米秆根部依稀可以看到紫青色的，米粒饱满，且清甜可口，比前者更有味道。

我还啃过高粱秆，高粱秆没有玉米秆甜，而且很容易划伤嘴巴。

揉玉米也是一件有意义的事。大人和小孩围坐在小板凳上用手揉玉米，父亲用一根铁钻在玉米棒上面钻了几条路，然后我们用手慢慢揉，一边揉一边听父亲讲故事，故事讲完了，玉米也揉好了。

看到大人抽烟好似吞云吐雾感到十分好奇和羡慕，于是我们几个小朋友把玉米须当作烟丝，用剪刀剪成烟丝状，然后再用纸把它卷起来，像大人那样抽烟。我吸进去后发现一点儿都不好吃就马上吐了出来，一个比我大的小朋友说："不能这样吸的，我看到大人是把它吸到肚子里面去，从鼻子里面出来的。"我用力吸了一下，呛得流出了眼泪。

玉米收获后，农村孩子就惦记着爆米花了，那可是只有到过年的时候才可以享受到的美味。

玉米晒干后，母亲拿到村加工厂把它加工成玉米粉。那些年家里的粮食吃得差不多的时候，母亲经常用玉米粉做玉米糊。做玉米糊很简单，就是取一根带有小分叉的木棒，把它削得干净、光滑，待水煮开后，边倒玉米粉边搅拌，很快甘甜清新的玉米糊就做好了。

在记忆中，玉米糊就是我童年的第二粮食。在那个年代，农民摆脱不了看天吃饭的命运，吃上一碗热腾腾的白米饭是一件极奢侈的事。我父亲曾经说过："如果有一天能让我吃饱白米饭，即使死也情愿了"。而玉米易成活、产量高、生产周期短，是很多农村人赖以糊口的重要粮食来源。特别是在秋冬时节，玉米糊一定要煮得比我们平时吃到的还要薄，像粥一样，可以直接拿来喝，呼、呼……一下一下地吹，因为很烫，总烫嘴。吃的次数多了我们就有了经验，先用筷子兜着吃完中间的最上层，外面的自然会慢慢往里走，一层一层地往下吃，筷子是绝碰不到碗的，最后功夫好的还能吃个一点儿不沾碗。可是我吃到最后总在碗边还粘上一圈，为了不浪费粮食，父亲叫我用舌头舔干净，舔得碗都不用洗了。

在那个还没有解决温饱的年月，人们以能喝上玉米糊而感到欣慰。

玉米粿容易保存，是农民出去干活儿常备的干粮"冷饭"。

母亲燃起柴灶，往铁锅内盛入适量的水，待水烧开了，将玉米粉倒入钵头里面搅拌，搅着时用力翻压，并适时加入开水，慢慢地玉米粉成团了，再将玉米粉团用手拉出一小块，用两只手掌来回啪啪挤压，挤压成薄而匀称的圆（粿），做好的粿粘贴在热气腾腾的铁锅边上，直到铁锅里面满满地贴了一圈玉米粿，盖上锅盖，掌握好火候就可以吃了。

夏天，到了玉米的季节，我们经常吃滚冬瓜配玉米粿，有时候我把母亲烧好的玉米粿偷偷地放到灶台火炉里烤，拿出来吃的时候抹上一点儿猪油，撒上一点儿盐，那个味道直到现在我还向往着。

小时候我们只有老玉米吃，不吃嫩玉米，这是为了节约粮食，父亲说过，一个玉米棒如果加工成玉米粉，可以解决全家人一餐的粮。

一直到后来，父亲看到别人在吃嫩玉米还是感到十分可惜，总是说这样太浪费粮食了。

现在的人已经不吃老玉米了，只吃嫩玉米，不但是因为嫩玉米在口感上香甜美味，更是因为嫩玉米中含有的蛋白质、脂肪、糖类、维生素和矿物质都比较丰富。

好多年没有啃过玉米秆了，好多年没有吃过玉米糊了，不知那味道还是当年的味道吗？

晒稻谷

又是一年秋收时。

虽然已是秋收季节，可是如今农村晒稻谷的明堂里空空荡荡，早已经没有往日一片繁忙的景象。

从儿时记事起，我们南方一直可以种植双季稻，春、夏种稻谷，夏、秋收稻谷。从田里收割稻谷后，一个必不可少的步骤就

是晒稻谷，晒到拿到手里令人满意，看在眼里欢心乐意，才可以装袋入粮仓。

晒稻谷要有太阳当空的好天气，在太阳光下，金灿灿的稻谷在篾垫上铺开，散发着丰收的喜悦，看那稻谷推成一道道棱线，像一座座小小的山脉，远远看似一片金黄色的沙漠，使人仿佛置身大西北，呈现农村一道亮丽的风景线，美丽极了。

从浦江"万年上山文化"种植水稻开始，多少年来我们都是这样晒稻谷的。晒稻就是让稻谷均匀受热，不断推、翻、晒，让稻谷充分接收阳光照射。大人们用手抓一把稻谷，放在牙齿间用力一嗑，如果响声清脆，谷子一嗑就断，证明这稻谷晒好了，可以收进谷仓。人们喜悦地捧起一把稻谷拿到鼻子前闻闻，有谷子的清香味，有阳光的气息，那更是丰收的味道。

收割回来的稻谷，都是用蛇皮袋装着的。一大早，父母趁着出田畈前的空闲，会铺好篾垫，然后找几块石头压在篾垫上，防止大风掀翻。

有一次就是有一户村民没有用石头压牢，一阵风吹起了篾垫，把篾垫上面的稻谷掀翻到隔壁篾垫上，那户村民到底有多少稻谷说不清楚了，便引起了纠纷。

准备工作做好了，父母把一袋袋沉甸甸的稻谷从家中搬到篾垫上，晒稻谷的任务一般都交给自家的孩子，他们就嘱咐我要到太阳出来之后再把稻谷摊平晒开。看时间应该差不多了，我把袋口一打开，在袋里的稻谷像流水般一样一袋袋倾倒出来，金黄色的稻谷散出清新的香味。我拿起自制的耧谷耙（有点像猪八戒用的钉耙）把小土堆似的稻谷向篾垫的四面八方慢慢推散开来，直到看不见一块空余的竹篾，然后横耧一遍再直耧一遍。尽管这样，场地还是小了些，稻谷还是厚了些，再加上秋天的太阳始终有点懒洋洋的，晒不了几个时辰太阳就要偷偷下山了，没有办法，我只能在晒的过程中多翻动几次，毕竟好不容易碰到个好天气。

晒上一到两个小时，要用耧谷耙在篾垫上再翻动一次，如果原来是直耧便改用横耧，一直晒到太阳西斜，稻谷上没有日照了才好收谷。

晒稻谷看似简单，其实也是件很吃力的事，特别是傍晚收谷时先要用力掀起篾垫的四角，然后将一大簸箕的稻谷举起来，重新倒入蛇皮袋里面去，当时我个子还小力气不够，经常手臂都酸痛了还抬不起来簸箕，簸箕里的谷子倒入袋子里时，免不了有一些谷子从手背上划过，带来一阵难以忍受的痛痒。最后用扫帚打扫干净场地，把稻谷收好后还要卷篾垫，我一个人根本无法完成，经常请邻居帮忙，一人一头或三个人（一人在中间）才能卷好篾垫系好绳子，有霜的天气还要在上面盖一些稻秆，防止冻湿篾垫影响第二天晒稻谷。晒稻谷还要防止鸡来偷吃，有一次我家的篾垫里来了两只鸡偷吃稻谷，不知吃了多长时间，我发现后捡了一块小石块扔了过去，它就展开翅膀跑了，我心痛了很长时间。

稻谷要晒好几天才能干透，最怕的是雷雨天气，遇上打雷，乌云密集，不论大雨还是小雨，都必须立即收好稻谷。若忽然间下起大雨，都来不及收，那时又是农忙季节，有时候人没在家，稻谷被淋湿了就会影响稻米的质量。而夏天经常会出现对流天气，那时的我们年纪小，还听不懂、看不懂天气预报，而且天气预报也经常不准，农村谚语反而很准的，如"冬雾雪、春雾雨、秋雾好晒谷"等，秋天早晨大地罩雾，尽管晒稻谷。我们常常观看天象，只要看到乌云密布，就会跑到各家门外吆喝一声："要落雨了，赶紧收谷了!"大家会赶紧跑着争分夺秒地抢收稻谷。要是稻谷被淋湿了，免不了要被大人训斥。那时抢收稻谷的盛景是何等壮观。

改革开放后，农民的生活水平有了明显转变，住房条件得到了显著改善，后来建造的房子在门口走廊上都设有一个水泥平台，稻谷就直接放在上面晾晒。也有人把稻谷放在公路一边恰当的角落，充分利用阳光，从早晒到晚，只要多次翻动稻谷，日晒便足够，这样晒稻谷的条件也得到了改善。

时过境迁，我家不种水稻已经多年，现在少了亲近田地、亲近农作物的机会。如有机会，我仍希望置身秋收晒稻谷的情境中，细细体会那秋收的乐趣。

种菜的乐趣

我出生在农村山区，小时候经常跟随父母到自家的菜地里去。

有一次父亲挑着猪栏肥，由于气味很臭，我背着锄头远远地跟在后面，父亲看到我这样怕臭，就故意刁难说，反正我不肯好好读书，今天就让我把这几担栏肥撒在地里。栏肥的气味实在不好闻，一开始我无可奈何地捂着鼻子撒，后来直接用手抓把猪栏肥撒到地里，回家后洗了很长时间的手还是臭味不尽。从此之后我很少跟着去菜地。参加工作后，每次回老家父母总是要我多拿些自家种的菜回城。

十几年前网络上有一种种菜游戏，很多朋友都在玩，有时路上碰到互相之间也会问："你在忙什么？""在偷菜。"我第一次听说"偷菜"这回事情。后来才知道这是一款种草游戏。

出于好奇，我也在网络页面上一点击，哇！一片金黄色的菜地就出来了，看得我满心欢喜。在菜地里我一开始种了价格低廉的薰衣草，后来种了西红柿、萝卜、百合花等，不长时间我开垦了所有土地。从此以后，我每天无论有多忙，总去看看菜地，甚至在半夜三更起来收菜，舍不得辛辛苦苦种的菜给别人偷走。我心想，假如真的有那么一块菜地，大家也会如此辛勤吗？要是真的能拥有这样一片菜地，我一定给它种得很好。

前年在小区的对面，我满心欢喜地租了半亩地，终于拥有了一块属于自己的菜地，开始了业余种菜生活。

有了菜地就有了一种盼望收获的希望，那成了一种在城市里安放飘荡的心灵的寄托，是一种消除烦恼的解脱，是一种宁静和淡泊，是一种放声田园山水的歌，甚至是一种两袖清风的清廉和放下。

在这半亩多大的菜地里，我精心规划了多个区域，计划好春播什么、夏种什么、秋收秋种什么，哪一垄地播种什么……总之要求是品种多、数量少。

利用周末时间，我到城北菜市场里购买时令种子和秧苗，把那一粒粒种子播撒在希望的田野里，这总让人心生一种盼望和期待。整个过程的等待需要的则是一份耐心，那一粒粒被埋在地里的种子似乎总是那么冷静、沉着和淡定，无论我每天看它多少次，它依然在里面静悄悄的，直到有一天我不经意地瞄它一眼，才发现它的变化，虽然它只是露出了那么一点点头。当看着一粒粒小小的种子渐渐长成形态各异的蔬菜，并且每一天都在悄然变化的时候，心里情不自禁地赞叹土地的神奇。

看着自己亲手栽下的秧苗，焕发着绿色的生机，看着它就像看见自己的孩子那样一天天茁壮成长，我倍感欣慰，于是每天上班之前都会到菜地里转一转。天天欣赏自己的"艺术作品"，也是别有一番味道。

我春季种西红柿、黄瓜、茄子、豇豆、辣椒、玉米等，夏季种丝瓜、冬瓜、南瓜、苋菜等，秋季种白菜、萝卜、包菜，冬季种芹菜、土豆和蚕豆等，一年四季菜地里都会呈现一片绿色，一年四季都是一副生机勃勃的盎然景象。

种菜最讨厌的是杂草，清除杂草是一件比较麻烦的事情，尽管如此，我还是会耐心地拔除杂草，不打草甘膦，因此除杂草总会花费我的很多个周末。

干旱季节里，浇水也成了我的乐趣。每当这个时候，我手拿两只塑料桶到离地一百多米远的水渠里拎水，多的时候要拎十几趟。每次浇完水，我都会稍稍驻足，在菜地旁边静静地听一下：那干裂了一天的土壤在水的滋润下有一种滋滋的声响，仿佛真的是在狂饮一样。而这时，我的心里有一丝极为满足的欣慰，就像看着它们美美地吃完一顿饭一样。

最高兴的莫过于到了收获的时节，一次次体验土地给予的快乐。"自己动手、丰衣足食"，自己动手，劳动创造成果，如此带来的快乐比蔬菜本身的实际价值大得多。采摘着成熟的丝瓜、辣椒、青菜，体味的是舒坦，带来的是快乐。依靠自己的劳动，获得劳动果实，其中的乐趣或许只有自己亲身参与才能够感受。

自己一家吃不完，我就提供一些蔬菜给好友邻居品尝，吃过这些蔬菜的朋友和邻居都会由衷地发出感叹，说我种出的菜比菜市场里买的好吃多了！这种被夸的感觉真是满满的幸福、满满的畅快淋漓，给我带来一种在工作中从未有过的成就感，一种发自内心的高兴和冲动。

每次有客人和朋友来，我把自己种的菜端上桌并自豪地对他们说："这是我自己种的'绿色'菜，多香呀！"看朋友吃得香，一股自豪感油然而生。

种菜不是为了挣钱，而是一种情怀，难怪路边摆摊卖菜的老人常说："家里蔬菜吃不完，不卖点浪费了。"

种菜是一种锻炼身体的好方法，掘地、拔草、浇水等都是运动，整整一个暑假我不知流了多少汗水，胳膊、脖子和脸颊被太阳晒得发黑，手上始终有着粗糙的厚厚的老茧，但这是土地给了你一种牵挂，让你的闲暇时间有了着落。

种菜是一种休闲方式，种菜的乐趣远比吃菜多，就像钓鱼的乐趣远比吃鱼多。在这些乐趣中体验的不仅是陶冶情操、放松心情、享受快乐，还可回味中国数千年的农耕文化，实现了自己不忘本的农耕情怀。

那些年的抢秋

一年之中有两个季节农民是最忙碌的，一个是夏季的双抢，另一个就是抢秋。

"抢秋"就是在秋季时抢收农作物。春华秋实，农作物到秋季要及时收获，如果错过了收获时间，作物果实就会损失，减收减产，甚至绝收，所以俗话说"抢秋抢收，不抢就丢"。

秋收的季节，不一定全是秋高气爽的晴好天气，时晴时阴，

时风时雨，都是常见的。如果是秋雨连绵的天气，则不利于收获。父亲早在抢秋前几天，就开始特别关注天气预报了，他最怕在抢秋时下秋雨，一下雨，地里、田里都是泥水，秋粮收不进，秋收的人也遭罪。若是天气预报几天后要下雨，我们就得在下雨前起早贪黑抢回秋粮。

霜降过后，晚稻开始抢收了，学校放了农忙假，小孩子也加入了"抢秋"队伍。

清早，我们一家人拿着镰刀，挑着箩筐，踩着露珠，浩浩荡荡地向稻田出发了。田地里凉风习习，晴朗天气的温差格外大，早穿棉袄午穿纱，出门时我们身上穿着厚厚的衣服，过一会儿后脱得只剩下短袖了。

父母已经下田开镰了，两行倒伏的稻子不断向前延伸，因为晚稻种植的是糯稻，田里早已放干了水，所以割稻时不需要像收割早稻那样卷起裤脚下田。

傍晚时分，大家把刚打下的稻谷肩挑到机耕路上，连同打稻机一起装在手扶拖拉机上，满载而归。

另一种抢秋就是在地里抢收番薯抢播冬小麦。

番薯全身都是宝，番薯藤可以喂猪，一次收的番薯藤是农村近半年的猪饲料。到了夜晚，各家各户都在微弱的灯光下斩切番薯藤，然后倒入猪草池中。

入得深秋，寒风萧瑟，白天，父亲扛着锄头、挑着空箩筐去地里挖番薯，一垄一垄地来回翻掏，生怕漏掉一块。这些番薯可是全家人过冬的半边粮啊！沿着崎岖的山间小路，父母一担一担把番薯挑回家，母亲将番薯稍做清理后，我们一起将沾着泥土、新鲜无比的番薯用蛇皮袋装好，然后把它们堆一堆放好。

番薯收回家后还要进一步深加工，村民基本上把番薯加工过滤后成番薯粉（淀粉），然后拿到粮站去兑换。一斤番薯粉只能兑换一斤大米，我家最多时一年生产五百多斤番薯粉（村里最多的一户有一吨多番薯粉），用换得的大米弥补了山区水田少、粮食短缺的问题。

加工过滤过程中剩下的番薯渣也别有用处，小孩们个个都是泥水匠，他们用泥水师傅专用的泥甲把番薯渣粉刷到自己家的外墙上，各家的外墙成了亮丽的风景线，等到番薯渣晒干后就剥下来，可以卖到收购站，也可以当作猪的饲料。父亲也用一些番薯渣发酵酿酒，父亲还说酒的味道"好极了"！

因为过滤番薯的废水直接倒入小溪中，每年到这个季节，小溪里弥漫着一股特有的番薯气味，这些水流入水库里，造成水体富营养化，水库里的鱼一般都活不过这个季节。

番薯收完后，农民要马上在田地里播种冬小麦。直到地里种完冬小麦，晚稻晒干回仓，抢秋才算完成。在人们匆忙的脚步声中，田地里的果实被"抢"光了，土地裸露出本色的肌肤，就像一位慈爱的母亲，用一年的精气神孕育出满仓的果实，哺养着大地上的人们；然后，在西北风和瑞雪的催眠下，用一个冬天的时间休养生息，期待明春重焕生机。

"手中有粮、心中不慌"，每当看到家中的粮食满仓，父亲心底里洋溢着无限喜悦和激动，心里感到无比坦然与自豪，他用自己的辛勤劳动终于解决了一家人一年的吃饭问题，一切辛苦和疲劳都抛到了九霄云外去了。

时过境迁，如今的"抢秋"，只深藏在经历过的人的记忆里了。

背着箱子卖棒冰

　　天气渐渐变热，不知不觉已经进入夏天，近日在超市的冰柜里看到的老款的白糖棒冰，一下子勾起了我儿时的回忆。往事一幕幕浮现在我眼前，难忘的是那一声声引逗馋虫的吆喝，难忘的是紧握着手里的零花钱奔门而出，难忘的是手中举着沉甸甸的满足，难忘的是舌尖嘴角那意犹未尽的甜蜜，特别难忘的是自己曾经背着箱子卖冰棍，那些艰辛和欢笑一直萦绕在我的记忆里。

小时候每当夏天来临之际，我最高兴的事情莫过于吃一根凉爽的棒冰，那一舔一嚼的甜香味萦绕心扉。在那个年代，没有雪糕和冰激凌，只有一种冷食，就是棒冰。棒冰分为三个等级，最便宜的是红糖棒冰，三分钱一根，其次是四分钱一根的白糖棒冰，最贵的是五分钱一根的牛奶棒冰和绿豆棒冰。可是那时家里真穷，甚至连交我的学杂费都困难，父母没钱给我买棒冰吃，直到我自己卖棒冰后，我不知道吃了多少根棒冰。

　　当改革开放的春风吹到我们小山村后，村里的能人办起了棒冰厂，我当时只有十四岁，还在读初中二年级。放暑假后，看到有人在卖棒冰，认为很赚钱，我羡慕极了，于是叫父亲请木工师傅做了一只棒冰箱子，然后涂成天蓝色，两边捆上一块放在肩膀上背的布条，垫上棉褥，又从妈妈手里要来了五元钱零钱当作本钱，头戴一顶草帽，加入了卖棒冰的行列。

　　我们村位于丘陵山区，只有一条公路，到周边许多村庄的道路崎岖不平，去有的村庄没有通路，甚至要爬山越岭，到小普丰村、石塔顶村、诸暨上和村等村尤为不便。公路沿线的村庄去卖棒冰的同行很多，因此我只好背着棒冰箱子走几公里、十几公里的山路去交通不便的村庄去卖。

　　当时棒冰厂批发价是二分五一根，卖价是四分一根，差价达一分五一根。每个天气炎热晴朗的上午，大约八点钟出发，出发前我早已经规划好路线，前一日去过的村庄不能重复再去。我背着沉重的棒冰箱，一路上心里开始盘算，这么热的天肯定有很多人会买我的棒冰，卖完了、赚到钱就早点回家。

　　可是事与愿违，卖棒冰不是我想的那么简单和顺利。第一次出门卖棒冰，能不能卖出去我心里没有底，也没有大声吆喝过。于是在树荫下，趁着没有人，我试着嗓子喊了一声"卖棒冰——"声音是那么细弱，还带着几分羞涩，一点儿也不响亮，只有自己能听到。平时我也听惯了小贩们的叫卖声，那声音是那样高亢而嘹亮，比如小普丰村的寿宝林，他卖棒冰的吆喝声是拖着尾音的诸暨方言，简直有些摄人心魄，现在轮到自己了，嗓音却是那样羞怯与艰涩。

"卖棒冰——卖棒冰——"还真拉不下自己的脸面，尤其是遇到女同学时，我总是把叫卖声压得低低的，像猫哼似的。可是如此这般，棒冰很难卖完，我不但挣不到钱，还可能赔上本钱，那就惨了。想到这里，我顾不上脸面了，坐在烫屁股的青石板上，一边用袖口擦着汗，一边挽起草帽的一角扇着风，开始大声叫卖起来，汗珠大把大把地往下掉，也顾不上擦。"卖棒冰哟，卖棒冰——"

我的吆喝声总算是有人听到了，一个赤着身子的小男孩拼命拽着父母，边哭边嚷着要买棒冰。我高兴地迎了上去，这个小男孩扑向我的小木箱。当看到小孩们开始缠着爸妈讨要棒冰吃，不知是经不住孩子缠闹，还是要面子，怕被同来的人看不起，反正一个个爸爸妈妈都掏出兜里的钱了，我沾沾自喜。随后，越来越多的人围拢过来买棒冰，我一时有些手忙脚乱，一边找零钱一边从箱子的棉被里拿出棒冰，可能有人没有付钱拿着冰棍儿已经走远了，我有些着急，但又无可奈何。

一个村子卖不完，我又背着沉重的棒冰箱来到另一个村里。我刚放下箱子吆喝，只见一位老奶奶手里拿着五分钱，前面跑着一个五六岁的男孩，后面跟着一个走路还不太稳的女孩。嘴里不停地说："卖棒冰的真是个讨债鬼，又害得我掏钱了。"然后将前面的孩子喝住，交代说："我给你买棒冰，你嚼一口，让妹妹也嚼一口。"孩子听有的吃，连忙答应。

我最高兴的是村里晚上放电影和过时节，那时山区农村夏天时节多，这个村过夏至，那个村过六月初一，那个村过六月六，等等，以及什么时候哪个村晚上放电影了，我都非常清楚，绝不错过一个时节和一场电影，因为天气好的话一个晚上可以卖掉好几百根棒冰，遗憾的是错过了自己喜爱的电影。

　　每到早稻成熟收割的双抢季节，收割水稻又累又热，就需要来点凉爽的棒冰，我背着箱子到田间地头一吆喝，保准很多干活儿的人放下手中的活都围上去买，一买就得好几根。坐在地头上，一家人吃着棒冰歇歇凉快，因此那个时候棒冰卖得最快啦！可是许多村民去田头干活儿时不带现钱，只能赊账，过一段时间后我上门再去讨账。

　　这个行业只有在高温炎热太阳火辣辣地烤着时才有生意，汗珠大滴大滴往下落，我自带的水壶里的水早已喝干了，但仍要背着沉重的箱子去邻村叫卖。运气好时能在一个村子里卖上几块钱，运气不好时我辛辛苦苦背到一个村，因为同行刚刚来卖过，只能换一条路线。有时我的吆喝打扰了别人午休，一些人还不高兴，有时还会遇到群狗龇着白森森的利牙狂吠乱吼。

　　我最愁的是背上棒冰出门后天气突然变化，因为气温低棒冰就卖不出去，只能背回来退给厂里。如果剩下不多了，我也不去退，自己吃掉算了，一个暑假我也不知道吃了多少根棒冰，但是实在心痛，感叹钱挣得不容易，更不易的是那些钱是汗水中挣到的，一般棒冰不融化自己是舍不得吃的。

　　有一次，老天爷突然翻脸，火把似的太阳被乌云取代，风仗着滚滚黑云肆虐了一阵后，豆大的雨点就砸了下来。躲雨倒是没问题，我担心的是箱子里还有二十多根棒冰，一旦化了要两块多钱呢！一天白做不说还需倒贴呀！同是挤在屋檐下避雨的一群壮年男子，从他的眼神里我发觉，想买又不舍得买。我亮起嗓子喊了声："棒冰批发卖了，十根以上三分。"一下子收回了成本。

平常时间，我每天上午卖完一百五十根棒冰回家吃中饭，有时走到隔壁的诸暨塘坞、青山村去卖可能回来更迟一些，下午再去卖一百五十根。每次卖完棒冰回家后，我的第一件事就是从箱子里面拿出装钱的饭盒数钱，哗啦啦一声把当天的全部收入倒在桌子上，虽然只有十几元钱，多是一分二分的，但是装满了满满的一饭盒。整理好钱后留下本钱，剩下的就是自己的了，我感觉特别开心。

卖棒冰的生意如此持续着，老天在我的脸上、手臂上、腿上留下了深深的印记，我的整个人变黑了，厚重的冰棒箱子背在肩上，几经暴晒，我的肩膀让背带磨破了皮，但我还是坚持了一个暑假。我每天批发三百根棒冰，除去融化的卖不出去的棒冰，虽然也有赶上下雨没卖完的时候，但平均算，基本上每天都挣三元多钱，一个假期下来，挣了一百五十多元钱，比一个农民的收入还多，着实是一笔不小的收入。

我连续坚持了两个暑假的卖棒冰工作，直到村里的棒冰厂停办为止，赚回了自己读书的学杂费。开学后，我还带着那只蓝色的棒冰箱去学校，箱子用来放米和菜，有同学还以为我到学校里面来卖棒冰了呢！

背着箱子卖棒冰已成为一段难忘的儿时经历，那些收入也算是我人生中赚的第一桶金，因为它让我深切地体会到了生活的磨难、父母的不易和自食其力的可贵，更激励着我在以后的人生路上顽强拼搏、正道直行。那段经历让我懂得，无论做什么，还要吃得了苦：年轻时吃过的苦，长大后无形中帮助我提高了应对困难的能力。

　　现在农村家家都有电冰箱，冷饮更是一年四季不停供应，再也听不到当年的吆喝声了，再看看手里那细长纯白的老款棒冰，迫不及待轻咬一口，想尝尝小时候的味道，只是味儿已不再是当年的那个味儿了！

农家肥往事

农家肥，是指在农村中收集、积制的各种经过自然发酵而形成的肥料，如人粪尿、畜禽产生的粪尿、猪栏肥、泥肥、草木灰等。经过简单的处理后，这些成了当年农民们种植农作物主要使用的肥料源。

"庄稼一枝花，全靠肥当家。"以前土地的耕种没有化肥，全部依靠农家肥，农家肥的种类繁多而且来源广、数量大，便于就地取材、就地使用，成本较低。

最常用的农家肥是猪栏肥（又称栏坪），就是垫在猪栏里的稻草或茅草，经过了长期猪粪便的浸泡，腐烂后而成的混合物。

那时的农村家家户户都养着一两头肉猪。养猪有诸多好处，总结起来是猪多、肥多、粮多。养猪也很方便，家里平时的洗碗水可以利用起来倒给猪吃，养猪的饲料也易得，可以是碾米时获得的米糠，也可以是田间割回来的青草。到了年底，将卖了大猪的钱留足抓小猪的本钱，剩下的就可以用来给孩子买衣服、购置年货或补贴家用。

当然养猪最大的好处，就是能够积攒猪栏肥用以肥田，这是千百年留下来的优良传统。那时候，每户养猪人家隔上一段日子，就会把自家的猪栏清理一番，把栏坪清出来挑到地里去。清理后的猪栏，重新垫上干净的稻草或茅草，又将成为下一轮的猪栏肥。

我们一年要清理好几次栏肥，特别在春耕之前一定要备足猪栏肥，挑到地里作为基肥使用。

挑栏肥是一份"苦差事"，因为栏肥很臭，而且还要人用肩膀挑到田里，挑到离家几里路远的山地里，一般要挑几十趟才能挑完一栏栏肥，挑得一个壮劳力精疲力尽。挑到地里后还要直接用手把栏肥一点点撒到地里，这样才能把栏肥埋到泥土里。撒过栏肥的手不容易洗干净，过了十几天后，把手拿到鼻子上闻闻还有一股臭味，农民自得其乐地说这是"栏坌香"，故有农家俗谚："没有大粪臭，哪有五谷香。"

为了多积肥，每天放学后，父亲也经常叫我到山上去割草。

除了猪栏肥以外，厕所里的肥料（又称水坌）也是农家肥的重要来源。粪坑里的水坌掏出来后挑到外边的空地上，生产队会安排人员，拿着一只玻璃做的度表一桶一桶地度量，并根据农家肥的质量给出等级，防止有的农户用清水冲过的厕所肥料挑出来骗工分。

人尿也是农家厕所收集的肥料，各家楼上楼下都备有几个尿桶用来收集尿液。尿液可用于需氮肥的作物，施于根部作追肥，但必须掺水稀释后才能浇灌蔬菜或其他农作物，还有的农民常常把尿肥和草木灰混合搅拌后使用，效力会大增。村里每次唱戏或放电影时，许多村民抢着把自家的空尿桶放到会场的角落里，以便收集到充足的肥料。

我刚参加工作的那儿年，学校厕所里的肥料承包给当地的农民，学校里还有一笔收入。过了几年，没有农民来承包了，厕所里的肥料免费提供给当地农民使用。又过了几年，学校要出钱请人来清理厕所，后来干脆改成了下水道。

挖塘泥也是积肥的一条门路，每年过年前，村里的池塘开始放干水抓鱼，然后把塘泥捞到池塘边的空地上。这些淤泥是很好的腐殖质肥料，晒干后变得疏松，慢火焙成焦泥灰后再撒下田地，或施在庄稼的根部，可以给予庄稼充足的养料。

20世纪70年代中期，我们这里出现了化肥。最早使用的化肥只有液态的氨水，但氨水体积大、有强烈的刺激味、易挥发、不好储存，所以各村都建有氨水池。后来较为普遍的是碳酸氢铵、过磷酸钙、尿素等化肥。随着科技的发展，针对不同土壤、不同作物的化肥也相继流行。农民们突然青睐起化肥，觉得化肥使用起来省力省时，又卫生又高效，化肥成了农耕肥料的主角，农家肥的命运就此发生了逆转。可是当年的农民还不了解化肥只能暂时提高土壤的矿物质，不能提高土壤的有机质，也就不能提高土壤肥力，化肥使用多了还会使土壤板结，破坏土壤的结构，造成土壤盐渍化。

近几年，随着社会的不断进步，随着"有机农业"观念的深入传播，人们开始青睐绿色无公害农产品，认为要发展有机农业最好使用有机肥料。

农家肥就是最好的有机肥料，它不仅富含氮、磷、钾，而且还含有钙、镁、硫、铁，以及一些微量元素，这些全面的营养元素可以满足植物生长需要的多种营养元素。给土壤施入腐熟的农家肥，增加了土壤的有机质和腐殖质含量，增强了土壤物质的自循环能力，提高了土壤肥力，为农作物的生长创造了良好的土壤条件。

用农家肥种出来的新鲜蔬菜瓜果堪称绿色无公害食品，保持了自然的原来风味，不仅口感极好，营养成分更为丰富。

春耕中的犁、耙、耖

人勤春来早，随着春天的到来，南方地区的农民又开始了一年中繁忙的春耕时节。

春耕，是农民期盼已久的时刻，经过了一个冬天的休养生息，土地重新焕发出一片勃勃生机的景象。对于水稻田，在春耕中要"二犁一耙一耖"才能种上早稻，即在插秧之前，需要犁二遍，耙、耖各一遍水田，那样早稻田的地力会大增，才有利于禾苗的茁壮成长。

挑栏拌

小浦漫画
甲辰年
鹿画
大师

一、犁

在春耕中首先要提及的农具就是犁，以前农村春耕都是靠牛拉犁来翻耕水田，整个犁身除了三角形的犁头是铁制的以外，其他地方都是木制的，很少有全铁制作的犁。

早春的气温还是很低，耕田人身穿棉袄，赤着脚驱赶牛下水田犁地，右手紧紧握着犁把手，左手牵着穿在牛鼻子上的牛绳，拿一根竹桠丝（又叫牛鞘棒）跟在黄牛后面，嘴里还不时发出口令，决定自己和牛走路的方向。"溜溜"是转弯，"嗨嗨"是前进，"哗哗"是停止前进，需要牛快走。耕田人不时拿牛鞘棒打向牛的身躯，但常常是随手挥一挥，舍不得打牛，只是吓唬一下牛，其实有经验的老牛，都会"不待扬鞭自奋蹄"，做到人牛协调，步调一致。当第一道深深的壕沟被犁出时，新鲜的泥土一块块翻转上来，错落有致，像刚刚从蒸笼里煮出来的馒头一样不断地冒着地气。看到自己身后被翻起一垄垄新鲜的泥土铺在水田的上面时，耕田人感到无比富足与自豪。

二、耙

刚犁好的田，泥土粗硬，接着耕田人就要用到一种叫"耙"的农具，耙的作用就是把犁翻耕上来的成块泥土耙碎。

耙是有四根硬木组成一个长方形的大木框，两根长硬木上安装着十多个木制的尖齿，如同妇人用的两排长齿梳子。牛轭上的两根绳子分别系于"耙"的两边。耙田时，耙田人把大木框平放水田里，自己的两只脚一前一后，分别跨站于前后两根宽木条上，一手牵牛绳，一手拿牛呼啸，犹如骑马奔腾的将军，威风凛凛。因为觉得气势不凡，我也很想上去试试，却又不敢。

耙的尖齿在泥巴里面通过，渐渐地把这些泥块给耙碎了，头顶上低飞的燕子不时下来觅食，蛙鸣声此起彼伏。

古人说犁、耙是一对团结合作的好兄弟，兄弟俩分工明确，哥哥负责犁田，一马当先，抢先下地劳作，刚卸下肩上的工具，弟弟就立马披挂上阵，完成自己的耙田整地工作。

刚耙好的泥块很大，农民用锄头把它切小。经过水浸泡后的泥土会变得柔软，但还要让泥土休息几天后再次犁田，这也叫翻田，第二遍犁田比第一遍犁田省力多了。

三、耖

二耕后的田还不能插秧，因为水田不太平整，这时耕田人要用一种叫"耖"的农具把田泥精细化，使水田里不至于出现凹凸不平而缺水的现象。

耖主要有两根横杆，上面的横杆用来把扶，下杆上十几个尖齿串成一横排，工作时耙齿是横排的，而耖齿是直排的，看上去如一把大梳子在梳理头发，又如一支大毛笔在水田里写字。同样套上牛轭，牛轭两边的两根绳子，分别系于两边的木框上，耖田人还是一手拿牛鞘棒赶牛鞭，另一手拿牛绳，人站于耖后面，耖齿深深扎在水田里，牛拖起来很吃力。为了赶平泥面，耖田人用双手扶住横杆，牛一前行，耖田人如同手握十几支大毛笔挥毫酣书，有时双手用力往下压一点儿，有时双手轻提，行云流水，绘出一幅热闹的春耕图。经过几个来回后，高低不平的水田便平如水面、泥软成浆。

通过犁、耙、耖，水田已经大致平整，泥土已经稀软，等待插秧种田了。如此年复一年，一代代的人在这片土地上忙碌耕耘、收获着。

　　农业生产承包责任制以后，生产队把牛买了，犁、耙、耖也分给了农户，村里出现了耕田专业户，大多数农户在春耕和夏种时都请他们前来耕田。

　　而今随着科学技术的不断进步，现代农机具的普及彻底改变了传统农业的耕作方式，更显示出别样的生机和活力，犁、耙、耖，这些农具和操作程序已淡出人们的视野，但记忆深处的春耕透着质朴，透着泥土的芬芳，那味、那画面一直刻在我的记忆里。

第三辑

屋檐下的旧器物

捣臼声声

踏碓声声

站桶，站满了我们的童年

土灶台下『乡』味浓

儿时的那盘麦磨

盛满记忆的水缸

家有粮仓

远去的计算神器：算盘

你还记得自己当年BP机的号码吗？

饮水的变迁

粉红色的回忆

捣臼声声

捣臼（又称石臼），起源于新石器时代的农耕器具，它是用一块大石头挖凿出一个深穴，外形似一个半圆状的石球。人们通过简单原始的方法用捣臼将谷物加工成食用品，将技艺代代传承。

近日，在老家看到捣臼独自静静地躺在厅堂的角落里，那一刻我静立了许久，思绪万千，眼前随之浮现奶奶手拿木杵在捣臼里舂食材的情景，那铿锵的"扑笃"捣臼声又一次在我耳畔回响。

那年清明节前夕，我家要做清明粿，我跟随奶奶在捣臼里舂艾草和米粉，在"扑笃"捣臼声中我看见奶奶的矮小影子愈来愈瘦、背越来越驼，那灯光下捣臼的声音也更加凝重了。

奶奶用木杵往捣臼里舂两下就弯一下腰，用手把米粉翻转一下，我觉得奶奶很辛苦，就在奶奶举起木杵的瞬间，把小手伸进捣臼把米粉搅匀翻身，奶奶的脸上露出月光般的笑容。捣臼随着奶奶灵巧的手发出了更动听的音符，好似一支美妙的月光曲，在幽静的夜里传得很远很远。奶奶双手紧握着木杵，一边舂一边告诉我："以前，我们吃的米都是把谷从捣臼里舂出来的，现在村里有加工厂方便多了。"

那时的月光也显得格外亮，轻盈地洒落在奶奶的背上，春天的夜晚，让人如此迷醉，时明时暗的月光、奶奶的影子和捣臼的声音，不正是一幅有声有韵、有情有景的立体画吗？

父母要出去干农活儿，经常叫我烧饭，马铃薯皮很薄，父母出门时再三叮嘱我："马铃薯的皮不能用刨子刨，洗一洗就好了。"父母吝啬得有些过分，想想真让人感到酸楚，他们觉得马铃薯皮薄，用刨子太浪费粮食。看人家拿到捣臼里舂，我也装模作样地跟着他们，舂完后拿到水里一洗，觉得用捣臼舂皮真方便。

最后一次看到捣臼舂麻糍，是那年队里实现家庭联产承包责任制后，各家各户的水稻取得了丰收，山村的农民终于吃饱了饭，家乡风俗在冬至前夕要吃麻糍，村里刚好又请了越剧团来演出，于是很多农户开始舂麻糍。

我家住在一个大四合院中，舂麻糍时，天还未亮，邻居便全出动劳作了。男女各有分工，有负责灶头烧火，有负责蒸糯米饭，也有负责挑水的。那吸收了一整晚水分的饱满而洁白的颗颗糯米，像极了袖珍版的和田玉，躺在木桶中蒸煮，散发出香气，时而淡时而浓，而我深深地迷恋这份芳香。

看着热气腾腾的糯米饭蒸熟后出笼，一群孩子蜂拥而至，跟随着它走向厅堂里的捣臼。他们把蒸好的糯米饭倒入捣臼里，一个壮劳力脱掉厚重的外套，挽起衣袖，卖力用木槌使劲地舂，另一个人双手在温水里一浸，然后双手在木槌顶端一将——那是为了防止麻糍黏在抡锤上——然后麻利地把摊在捣臼底下的米粉将在一起。木槌一起一落，双手一浸一将，两人配合默契，直至把那一大团饭团揉成柔软韧劲的米粉团为止。

从捣臼里拿出那个米粉团后，众妇女开始把米粉团整合成薄片，并在上面涂上少量的油，撒上红糖和芝麻粉，卷成三折，最后用刀切成小块，装盘，这样一碗喷香喷香的麻糍就做好了。如此美味令人流连忘返，看它这样子，就让人直流口水，吃在嘴里香香的、甜甜的、黏黏的，浓浓的香味一直在舌尖萦绕，我把它吞进肚子里后，还忘不了用舌头再舔一舔嘴巴，再次回味。

几十年过去了，捣臼声声时常在我的记忆中泛起，如今，"扑笃、扑笃"的捣臼声离我们而去了，属于农耕时代的捣臼告别了我们的生活，许多孩子已经不知它为何物，不知它为何用了。只有在少许农家乐和民俗博物馆里你才能见到它的身影，但由它衍生出来的那些亲情、乡情及蕴含的文化，犹如陈年老酒，历久弥香，挥之不去。

踏碓声声

　　从五千年良渚至七千年河姆渡，从八千年跨湖桥到万年上山，"万年上山、世界稻源"，将浙江的文化历史推进到万年前。浦江上山文化既是"万年浙江"之源，亦是人类文明起步阶段的重要例证，它代表了一种新发现的、更为原始的新石器时代文化类型。一万年前，当地人就会种水稻，会用石磨棒和石磨盘磨稻谷脱壳，这是迄今已知世界上最早的稻作农业遗存，并且具备水稻收割、加工和食用的完整证据链，标志着当时的上山人已经进

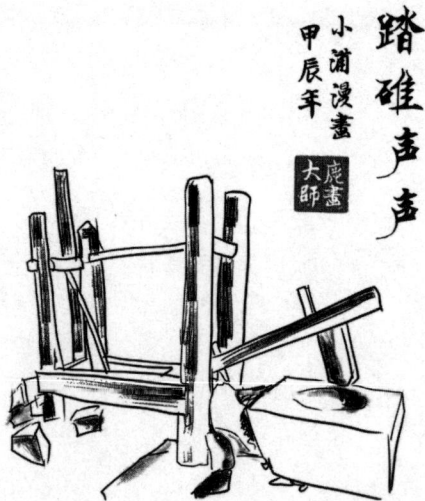

入较为稳定的农业定居生活阶段。

用石磨盘和石磨棒稻谷脱壳到捣臼脱壳是一大进步，而踏碓是捣臼的升级版，对稻谷脱壳更是一大飞跃，它是在相当长的时间里我国南方古时广泛使用的一种谷物脱粒器具。

我们祖先利用了杠杆的原理制成了踏碓，它构造简单，使用方便，踏碓的底部长木一端有一个凹坑，踏米前要清洗干净，再放稻谷进去。放入待加工的谷物到捣臼里后，舂东西时，如同压跷跷板一样，人们利用自身的重量，用一只脚踩在横杆上，使其前端上翘，当脚松开时，碓头舂进石捣臼，然后用脚继续用力踩，转轴处发出"吱扭"一声，碓头扬起，"嘭"的一声，落在石臼里，不断重复，稻谷就舂好了。

在踏碓一上一下的节奏下，碓窝里糙米的米糠和白米分离。舂米的过程中，一人必须弯坐在捣臼边，当碓杆抬上去时，马上用手撬动石臼里的谷子或五谷杂粮，要不然有的就被踏烂了。

小时候，我站在旁边看着大人们踏，看久了也想尝试，但任凭我双脚如何用力，那粗重的碓就是一动不动，使出浑身解数，憋得满脸通红，碓板还是纹丝不动，一点儿也不听使唤。我只好急得双脚同时踩上碓板，全部重心压上，但碓板好像故意逗我，依然没有理会。大人看着已累得满头大汗的我一副严肃认真的模样，忍不住哈哈大笑起来。有时觉得好玩，我还是会踏上一只脚去帮忙，结果是越帮越忙，一不小心，脚跟不上节奏还被夹到，手挂在扶栏杆。

到了上学的年龄，我终于开始帮家里踏米。我和母亲一个出左脚，一个出右脚，两个人一起用力踏。开始我还有一点儿好奇感，踏不了多久，脚就没有力气了，出气也越来越急。我又和母亲轮换一只脚，用左脚的换右脚，用右脚的换左脚。母亲比我还吃力点，因为她一边用脚踏一边还要用手里的小木棍搅石臼里的稻谷。每当我歇息的时候，母亲还要用筛子簸米筛糠。这样一来踏一箩米，不知要撒下多少辛酸和汗水。"嘎吱、啪哧。""嘎吱、啪哧。"先是石杵与木段的摩擦声，后是木棒与臼里大米（或糯米）的碰擦声。初听，似乎有些意趣，那种"咔嗒、咔嗒"的声音深感好奇与兴奋，但时间不长，兴奋与好奇就变成了枯燥和乏味，进而演变为最好的催眠曲了。

踏碓费力气，最大的问题是软脚，因为你在踩动时，必须踩一下放一下，踩下时要使劲儿，猛地一脚将舂头高高昂起，放下时要忽地提脚猛地一放，以便让高举的碓头迅速落下去撞击石臼的谷物。你得不停地重复这一动作，直至将要舂的谷物舂好。踏碓舂米是繁重的体力活。从前，一个四五口人的普通农家，每月要舂三四次米，每次要踏几箩谷。每次舂米时，脚踏腿蹲，碓头起落，浑身用劲。

舂好一臼米，最少要踩踏三百下，花近一个钟头，把不少人累得大汗淋漓，喘气不已。而且这样的家务活还多半是女人做，真是辛苦。当年，农民的时间都花到舂米和磨粮上去了。舂碓累人，当然，舂碓也能够磨炼人的体力和耐力。

后来，村里办起了加工厂，再听到这样的响声，次数一年比一年减少，人们不再推磨掐碓了，"格——嘣嘣，格——嘣嘣，格——嘣嘣"这样的声音还能听到吗？恐怕很难听到了。从鸡鸣狗叫开始到日头疲惫地躲进山沟，那声声厚实、有力、节奏感强烈的踏碓声，曾在山村周围此起彼落，回声悠长。

踏碓的"格嘣嘣"声渐渐稀少了，石臼也慢慢住进了"碓屋"，被这些先进的、现代化的新物件替代了。如今，偶尔见着这些落满灰尘的石臼，我总觉得很舍不得，这些老物件恐怕很少有人知道了。但是在屋檐下，石碓任凭风吹雨打，"我自岿然不动"！还有一些文化人没有冷落石碓，将它放到民俗风情馆里，让它休息，让世人念想。

踏碓记载着生活，无论艰辛还是荣光，都是一段难忘的历史；踏碓声声，无论动听还是难听，都传唱着过往，传播着生命，传递着乡愁！

站桶，站满了我们的童年

　　入冬以后，天气渐寒，取暖器、空调等现代化取暖工具粉墨登场，但从小孩子的取暖效果来说，这些都不如我们儿时候的取暖工具——站桶。

　　小孩子在学会走路之前，都要告别摇篮，升级为进入站桶。站桶有一米多高，用木板箍成圆筒形，底口大，上口小，中间对开插上横档，搁上木板就分成上下两层，小孩站在木板上层，肩

站桶

小滿漫畫
甲辰年

鹿師
犬畫

膀齐着桶沿，头部露出，双手可以挽在桶沿上自由活动。孩子的每次站立，也是对孩子脚力的一种锻炼，如果站累了，站桶内还可以放置一条小凳子。时间久了，孩子不小心在桶里"方便"，只要抽出中间的横档，把隔板卸下来清洗，方便极了。

那些年的农村山区，母亲要忙于家务活，没有过多的时间抱孩子，干活儿时只能把小孩"捆绑"在背上，时间久了，母亲累小孩更不舒畅。如果把孩子继续放在摇篮里，孩子已经长大了，就想着"越狱"，一不留神一个跟斗翻出来，那样更是危险。

为了孩子的健康成长，最好的方法是把孩子放入站桶里，母亲就可以安心地洗衣做饭、养鸡喂猪。站桶总是放在母亲的身边，或在她的视线范围之内，孩子在站桶里会随着母亲的身影转来转去，母亲可以干活儿与育儿两不误。

那些年闺女出嫁，站桶是娘家必备的嫁妆之一，里里外外打磨光滑并刷上桐油的站桶内还放上两个铜火熜，寓意着早生贵子，希望新人的日子过得红红火火。

冬季来临，站桶又派上大用场。母亲把一个火熜放到站桶的底层，然后再把孩子抱进桶里，暖意自下而上，呵护着孩子的成长，站桶就成了一个暖箱。有时站桶里还可以放置些番薯片、玉米花之类的零食，既能取暖，又能做婴儿的围栏，让孩子在站桶里"自娱自乐"也是其乐无穷。

给孩子喂饭时，母亲要一只手抱孩子，另一只手拿勺子喂饭，孩子吃饭很慢，贪玩爱动，两只小手一会儿要这儿，一会儿要那儿，吃吃停停，一顿饭喂下来，母亲很累，孩子更不舒服。让孩子站在温暖的站桶里，母亲可以坐在站桶旁给孩子喂饭，孩子有了安全感、存在感，饭吃得又快又香。

孩子稍大一点儿后，吃饭时母亲把站桶转到饭桌旁，孩子站在站桶里和大人围坐在饭桌旁觉得自己和他们一样高。孩子迫不及待，伸开双臂，不停地雀跃着，端起自己的木碗，开始学吃手抓饭，小脸蛋上很快沾满了饭粒。

孩子使用站桶的时间一般也只有一年至两年，当孩子学会走路后，或者有能力爬出桶沿的时候，孩子知道一些安危分寸，便可以从站桶里毕业了。这是孩子人生中第一次被赋予一定自由权利，他可以在更大的世界空间里探险，而陪伴他的站桶会留给家中更小的孩子。站桶一代传接着一代，呵护一代又一代孩子。

东流逝水，叶落纷纷，荏苒的时光就这样慢慢地消逝了，在站桶里不知有多少孩子哇哇哭闹过？不知有多少孩子在站桶里倚栏而睡过？不知有多少孩子在站桶里自顾玩耍过？不知有多少孩子是在站桶里度过咿咿呀呀的婴儿时光？

我家的站桶承载着我们几代人的幼童时光，从它的年龄上看，它绝对是我家最具有历史底蕴、最具有价值的"古董"。如今看到立在一旁布满灰尘、站满了我的童年的站桶，我走上前去用手摸一摸，然后和下一代说说站桶往事，感慨一下岁月的流长。

如今的人们有了宝宝椅、宝宝车、尿不湿等，已经用不到过去智慧的劳动人民在生活中发明的育儿工具，站桶在日新月异的时代潮流中销声匿迹了，成为一种永恒的记忆。

土灶台下"乡"味浓

每次看到烟囱里升起的袅袅炊烟，我就能闻到一股浓浓的乡味，使我重新拾起孩儿时那个温馨的家。

小时候父母出去干活儿，经常叫我烧饭，灶台下烧火对我来说是件非常麻烦的事，光点火、添柴、用火筒吹气已经让我手忙脚乱了。

父母出门前总是在灶台下放上一把干燥的松毛丝让我作引火用，刚开始我用洋火（火柴）直接引火，一包洋火划完了，还是

没有把柴火点着，后来我用洋油灯引火，只听见"轰"的一声，灶台口燃起了一股火苗，差点烧着了我的头发，我立马用火叉把木柴推进了灶膛内。

火叉是铁制的，不易燃烧，头部开口成"Y"形，主要作用是把木柴推进灶膛内。整个烧火过程，都需要将灶膛内的柴火架空，火才能燃烧得更旺，木柴燃烧了就少了烟尘，不架空灶膛内的柴火因缺氧，火要熄灭，因此随时要用到火叉把柴火架空。人们在烧火的同时，叉头上还可以插上玉米或番薯，放在灶膛里烧烤，烧的同时火叉要不住地转动，食物才不会烧煳，烤出来的玉米、番薯才会色味俱全。

母亲做饭时，既要在锅里炒菜，又要给灶膛内添柴，跑上跑下总有衔接不好的时候，如果柴火一时接不上火，明火就会熄灭，要使柴火重新燃起来，得在添加柴火后再引火，只见母亲添加柴火后把火筒有眼孔的一端凑近火苗，一头套在嘴巴上，深吸一口气，鼓着两腮，用力猛吹，顿时吹得火星熠熠生辉，柴火重新燃起来了。

火筒是几节竹子做的，相当于一个简易的风箱，长短以伸进灶膛的深度为宜，保留住最后那节竹节，然后在竹节中心钻个小孔，便成了火筒。火筒是人们做饭的好帮手，底部的那端常被烟熏火燎得发黑，并带有残缺，而靠嘴巴的那一端则被手摸得油光滑亮的，竹皮纹理清晰可见。

我拿起火筒，鼓起腮帮，使劲一吹，结果呼的一下，柴火没有被我吹燃，反而从灶里面膨出一堆炉灰，全部沾到了我的脸上，那浓烟一股股地往外冒，呛得我咳嗽不止，双眼刺痛，泪流满面，我的脸也成了花猫脸。我只能再深吸一口气，把吹火筒靠近火苗，使劲吹几下，灶膛里面的柴火瞬间变得红彤彤，火苗变得更高了。

灶膛里的柴火烧完后要及时添加，长一点儿的木柴要折断再推进去，短一点儿的或柴叶等要用火夹夹进灶膛内。火夹有两种，一种是铁火夹，乌黑的样子就像一把长剪刀，长长的铁夹就能把柴叶往灶坑深处伸，有时火也会烫伤握在把手上的手。另一种就是我家用的，我家的火夹是竹子做的，削一片簔竹，中间用火烤一下，做成"U"型就成了简易的火夹。

饭烧好后要用火铣退膛，火铣类似平底锹，前头为平直的利刃，后面是一根木柄。灶膛里剩下的火不能浪费，冬天严寒季节，用火铣把火畚到火熄里，平时要把火畚到灶台边的炭罐里，然后浇上半瓢水，盖好盖子就成了木炭，冬天来临时可以用它来生火。

生火四件套

如果灶膛内积满了炉灰，火力就不猛，得用长长的火铣柄伸入灶膛里掏，也可以从灶膛底下的小灶坑里伸进去掏捅。母亲经常在锅边烫玉米粿，我常常把烫好烧熟的玉米粿放在火铣上，伸入还有余温的灶膛内烤，过了不久，拿出来抹上点猪油，放上一点儿盐，又香又脆的味道至今难忘。

　　时过境迁，如今的农村都使用了煤气灶、电磁炉等烧饭工具，把土灶挤出了人们的生活，土灶慢慢淡出了人们的视线。这些灶台下的"生火四件套"并不起眼，静静地躺在那一个角落，人们似乎忘记了它们的存在，而现在的孩子从未见过。

　　岁月淹没不了曾经的岁月和人所经历的往事，我多想能再看见母亲在灶台上烧饭、父亲在灶台下烧火的温馨画面，但留下的只有思念和永恒的回忆，那股浓浓的灶台下的乡味永驻我心间。

儿时的那盘麦磨

　　每次回老家，见到那盘麦磨，我总是一次次地揪心牵挂，只要审视着那一盘麦磨，就会打开那尘封的记忆，仔细地寻觅着远去的往事。那一个个人和一件件事历历在目，仿佛就在昨天一般。那盘磨承载了我儿时无穷的时光，磨盘轰隆轰隆地吟唱声，至今还清晰地萦绕在我的脑海，梦中还飘着新磨好的米香和麦香。

　　南方以种植水稻为主，从北方迁移过来的小麦，最开始和大米一样是煮食的，但是这种吃法在当时很快被弃用了，因为小麦

极其耐火，如果像大米一样蒸煮，可能两个小时都煮不烂，即使放在明火上烤，小麦也能经受一段时间。所以如果直接煮着吃，不仅浪费柴火，而且煮出来的"麦饭"味道也不好。正因为小麦比较"顽固"，于是人们想到将小麦碾压成粉，制作成各种面食。小麦磨成面粉后，那施展的空间就大了。

因此南方就出现了麦磨，主要的作用是磨小麦，当然还可以磨玉米、大米等。

那时的小山村，村民生活都过得很窘迫，靠天吃饭，物资极其匮乏。旱地里种点玉米、麦子，随后还要花大量时间将它们用麦磨磨碎，加工成各种食物。

这项劳动虽不怎么繁重，但很是枯燥乏味，一时半会儿都结束不了。小时候，我常常帮奶奶推磨，奶奶把麦磨扁担放在肚子上往前推，走完一圈还要往麦磨孔里添加加工的食物，我个头矮，只能用手往前推另一根麦磨扁担，这样减轻奶奶的推力，一圈一圈地走着……我最怕干这活儿，因为推磨很费时间，一旦摊上这活儿，意味着就没有了玩耍的时间。有时推着磨棍就睡着了，可是手还在推，脚还在走，特别是饿了的时候，浑身一点儿力气都没有，一步也迈不出去，又不得不耐着性子、忍着瞌睡，将这枯燥的营生尽快做完。

安放在厅堂里的麦磨日复一日年复一年的转动，轮回了无数个荒春炎夏凉秋严冬，圆形磨道正是细密的年轮，织进了农家生计的艰辛日子里。麦磨不停地旋转，转白了奶奶的鬓发，转弯了母亲的腰身，我也曾在磨道上留下许多个小小的脚印。

小时候，在我们村里还经常看见一个叫"瑞龙"的智障者，时常帮村民推磨，村民只要给他两顿饭吃就可以了。有人问他："瑞龙今天吃什么？"他总是回答："今天吃了一块喽啊（肉）。"

引得大家满堂大笑。

村里老人对麦磨很是敬畏，决不允许在麦磨顶上胡乱地搁放乱七八糟的东西，不允许任何人随随便便坐在麦磨顶上面，更不允许小孩空转玩麦磨。每次磨完面，村民总是要将麦磨清扫得干干净净，有时还会用清水洗得光洁锃亮。过年时，还要在麦磨上贴上红红的对联，甚至还要上香、焚纸和跪拜，这显示了人们对麦磨多么感恩、尊崇！

我最喜欢磨豆腐了。在20世纪70年代，豆腐还是稀罕物。磨豆腐的前一天，母亲会用水浸泡豆子，第二天一大早先将磨盘清洗干净，端放在磨架上，然后分工明确，她负责转架子推磨，我一勺一勺往磨眼里添黄豆，有时候没有配合好，我往磨眼里添黄豆的时候被母亲推的架子推到了我的手，结果推翻了一勺黄豆。一圈又一圈、一次又一次的轮回中，乳白色的豆汁顺着磨盘缓缓流到接在下面的豆腐桶里面。黄豆磨成浆后，母亲就拿回家加工了，过后，我看见豆浆便缓缓开出了花。这时，母亲先给我盛一碗豆腐脑，在上面浇点酱油，我吃得喜笑颜开。随后，母亲在篮子里铺上细纱布，把煮好的豆花倒进去，用木板盖好压实，豆腐便成了在寒暑假之际，趁大人不在时，小朋友经常会围坐在麦磨台上争上游，赌资就是废纸、火柴、香烟壳，我家的火柴就经常被我偷偷输掉了。

村民在麦磨上磨食物只能在空闲时间，特别是在下雨天，厅堂里的两盘麦磨磨个不停，有时候还抢不到。有一年父亲请了诸暨寺坞有名的石匠，选了上等的清石，经过几天时间的奋斗，精心打造了一盘小麦磨。一家人像置办了一份厚重的家业，欢喜和自豪了一阵子。改革开放以后，村里经常请剧团来演戏，母亲总会浸泡一两斤黄豆用自己的小麦磨加工豆腐，方便极了。

自从村里有了用柴油机带动的钢磨，麦磨渐渐被冷落了，但是有人为了省点加工费还是用麦磨磨粮食。后来，村里有了电，村粮食加工厂开始用电动机带动的磨面机，噪声小了，面粉磨得又快又好，麦磨逐渐成了多余的摆设。因为它挡道碍眼，厅堂里的麦磨被堆放在角落里，从此麦磨被闲置在历史的废墟中。

　　当我从深思中缓过神，回到现实，不禁有些欣慰。四十几年的时间，社会发展如此快速，城乡变化越来越大。现在，乡村的人再也不用为推磨发愁了，美丽宜居清洁现代的乡村，正为越来越多的农村人提供着便捷舒适的乡村生活。麦磨已成为历史深处的一道痕迹，也许，它们只是我们这代人思乡念祖的象征符号了……

　　如今，改革开放已走过四十多个年头，农民的生活条件也越来越好，豆浆机、烤箱、微波炉……各种现代化的机器走进了我们的生活。只要愿意，随时都能吃上一碗热腾腾的豆腐脑，只是机器磨出来的味道绝对没有手工麦磨磨出来的那么纯真清香。

　　生活还在继续，希望还在前头，回望麦磨也许只需一瞬，我们看到的却是洒满阳光的农家的小康生活！

盛满记忆的水缸

前段时间因自来水公司管道清洗，小区要停水，提早通知要求我们备好三天的水。我找了几个装水工具，心想如果有个水缸的话那该多好啊！

20世纪90年代以前，农村家家户户至少都有一口水缸，洗锅、刷碗、洗脸、烧饭都用水缸里的水。为了用水方便，各家无一不把水缸摆放在锅灶的旁边，上面盖着的杉树板做的盖子叫（水缸板枕）水缸盖。水缸大小不等，一般的人家都用能存三四担水的缸，光棍或孤寡的老人用一担水的缸。我见过的最大是我家隔壁的水缸，他家在新中国成立前是开店的，缸有大人肩膀般高，大人拉着手三四个人围不上，可能在当年是做酒用的。

农村的水缸一般都是储存水用，以前喝水靠人到井里挑，想装满一缸水需要好几担水，满缸的水够一家人吃上好几天。农村到处堆满了烧火的木柴，缸里面的水也是用来防火用，所以勤快人家的水缸总保持在将满水位状态。

早晨，广播里传来"东方红"乐曲声把薄雾笼罩的小山村从梦中唤醒，井台边周围便热闹起来了，家家户户都来井里边挑水，一声声招呼声温暖着这个小村落。

我家那只水缸大概有一米二高吧！能储存三四担水。

冬天的早晨，刚睁开眼，听父亲在门外喊："开门！"母亲赶紧去开门，我走下楼只感到一阵寒风扑进门来，紧接着，父亲挑着水担跟进来，口鼻喷着热气。他把肩上的水担往前稍稍一滑送，右手扣住水桶，往高一抬，水桶靠在水缸边上，往左一歪，前一桶水就倒进缸里，然后水担不动，身子往左一拧转，水担就换在左肩上，左手提住后面水桶，水桶同样往水缸边上一靠，左手往右前方拉牵的同时向下压转，这后边一桶水也倒进了缸里。看着父亲挑担不卸肩，两大桶水麻利地倒入缸里，我很是佩服，想早早长大，也能做到这样不卸肩往缸里倒水！

大约十五岁的时候，我担起了挑水的任务。在井里摆水桶可是个技术活，用井钩把水桶放到水面，开始左右摇摆水桶，直到把水桶摆到底朝下，提起井钩再蹾几下，桶就满了。打水的要领是：腰要站稳、手要抓紧、心要放松。腿不稳，打滑，会掉到井里；手不紧，抓井钩，要磨起泡；心不放松，头晕会有危险。刚开始，我挑水掌握不了平衡，老是摇摆，一路摇摆到家，水入缸时，把水桶都放地，一桶放缸沿，右手提桶，轻轻倒入，然后左右交换再倒另一桶，动作连贯，操作自如，一气呵成，稳而不撒，但还是做不到不卸肩往缸里倒水。

早上起来洗脸拿木勺或葫芦壳从水缸中往脸盆里舀水，母亲总会吩咐一句："少舀点！"我也只能把木勺中的水倒回一些。为了省水，过了清明节父母亲就不让我在家洗脚了，往往是到小池塘还冰凉的池水里洗。山里的孩子一整个冬天不洗澡也是很正常的，不是懒惰，而是没这个条件，干活儿出汗了浑身难受，最多也就是从锅台上的汤罐里用专业的工具"汤罐竹棍"舀点热水擦擦身。等到来年春天，小孩子的身上至脖子上已经积起了厚厚的一层污垢，像是刷上了一道厚厚的黑漆，洗澡擦身时擦出一条条"墨绳"。

每到夏季，从外面疯玩回来，口干舌燥，舀一瓢水咕咚咕咚一口气喝下，那股沁人心脾的清凉、痛快，甭提有多爽了。用一盆"井里凉水"擦肩洗背浇头，那真是透心的凉爽。

大年三十的上午，各家要把家中的所有尿桶全部清洗干净，然后再挑满一缸水，这个习惯是祖辈流传下来的，预示着辞旧迎新、喜气圆满、年年有余，再贴春联，红红火火，大家精神饱满、神清气爽，心情非常舒畅，欢欢喜喜迎新年，期盼来年好光景。

时间长了，水缸底部也会积起一些水垢，需要清洗干净。这时，我发现一个趣事：当我弯着腰深入缸底，埋头做清洁工作时，耳边便会嗡嗡作响；在里面说话唱歌，声音立即会放大，我有时会嗷嗷喊几嗓子，觉得很新奇，后来才懂得，这是一种"声音共鸣"的现象。

以前农村的生活条件有限，每家每户都会在冬天时腌制菘菜，在春天时腌制九头芥。家里有一口专门用来腌咸菜的水缸，腌制菘菜时父亲会爬到水缸里用脚踩个来回，母亲会往缸里一次次撒盐，如果这时候腌上几个小萝卜，那种菘菜萝卜味道至今都难以忘怀。常年腌制咸菜让大缸里都充满了咸菜味。农村人们常说"老缸腌菜香"，确实是这样的，咸菜味都浸入了缸里面，腌制出来的咸菜也越来越地道。

有一次，我家的水缸有了裂缝，我们便把一位补缸匠喊了过来。补缸匠修修补补、敲敲打打的样子，我看了觉得挺有趣的，就蹲在他旁边睁大了眼睛看他干活儿。也许是他怕我动他干活儿的工具，一边干活儿，一边斜眼盯着我，有时还冲我嘻嘻地笑一下。我见他手握一把小榔头，顺着缸沿往下笃笃地敲着，等裂缝稍大一点儿时，他就把拌好了的腻子粉嵌进缝隙里，随后用手钻钻孔，将铁卡子牢牢地把上。锔好的缸坛不能马上就用，得过个三五天，等腻子粉干了才可用。这个活儿看着极简单，可是做起来是很难的。榔头敲缸时的手劲轻重要适宜，轻了不起作用，重了就把缸敲碎裂了。

我家的水缸比起别人家还多了一个功能，那就是水缸板枕（水缸盖）当作一家人吃饭用的桌子。由于我家房子比较小，也是为了方便，这样的日子过了许多年。连吃饭的时光都是在水缸板枕上度过的，不得不说，水缸滋养着我的生命。

勤劳的母亲时常把水缸板枕（水缸盖）翻过来切面条，常年用缸中漂浮的葫芦壳，一瓢一瓢舀出水来做饭、洗刷，循环往复，她的日夜操劳换来了家人的幸福健康。缸中的水，水中的瓢，母亲那消瘦的手，时常让我思绪万千……

遗憾的是我家那口补满铁卡子的水缸，在搬家时没有带出来。

那口盛满记忆的水缸，深深地烙印在我生命的记忆中，永远挥之不去。

家有粮仓

粮仓对于现在的孩子来说有些陌生了，可能他们只有在电视连续剧《天下粮仓》中了解过。

在20个世纪六七十年代，"备战、备荒、为人民""深挖洞、广积粮"的口号在中国家喻户晓，无论是大喇叭广播，还是遍布城乡的标语口号，到处都能见到这几个字，那时从大队到生产队都修建了粮仓。

如今粮仓已经远去了，可是在我的心中，粮仓已经定格成越来越清晰的影像，粮仓的光影流转，记录的是关于粮食的记忆，让人刻骨铭心，终生难忘。

小时候从我有记忆起，我家便有粮仓，那就是一个祖传下来的木板钉做的谷仓和一个泥陶制品做的米瓶。米瓶是泥土材质的，经过熊熊烈火的日烤夜炙后，变成一副口小肚大、粗陋拙劣的模样，瓶子用来装米，里面放了一个竹罐名曰"米升"，然后在瓶子上面盖上一块木板。

我的家乡位于离县城四十多公里的边远小山村，人口多、山多、田地少，单单靠生产队分来的粮食根本不够吃的。我记得家里的粮仓从来没有装满过，母亲每次烧饭量米，四个人总是量了一米升（大约半斤），粮食捉襟见肘，难以为继，一年到头粮仓经常见底，父母也总是为一家人能填饱肚子而绞尽脑汁，劳累奔波。

　　我村有户大户人家，每次吃饭时都是定量的，只能吃碗里面的，不能再添饭，轮到最后的，经常把锅底铲得发出刺耳的声音，连锅钎上卷着的饭皮都舔得干干净净。可是家里总有耍滑头的小儿子，他通常第一碗装浅些，风卷残云后，快速地去抢盛第二碗，心想可以随心所欲地用锅铲把碗里的饭压得实实的，堆得高高的，慢慢地享用，哪知道第二次去添饭的时候锅底已经朝天了，真是聪明反被聪明误。

　　住在我家附近的一位老奶奶，家里孩子多，常闹粮荒，每顿烧饭按人量米，本来刚刚好的，可是她非要从已经量好的米抓把米下来，放到另一个小桶里储藏起来。在一旁的我很诧异，问："为什么要这样？"老奶奶笑着对我说："在嘴里扣粮食呀！每餐扣一把，你看，日积月累已半小桶了。"顺着老奶奶的手势，我伸头一看，确实积累了不少。这让我明白了贫穷挨饿的日子就是这么煎熬着过，每人一顿少吃两口，为的是细水长流。

　　在那个年代，粮食亩产很低，逢上说亲之时，有经验的女方首先要看粮仓，所以农村闹出不少笑话，男方娶亲过礼向别人借粮"滥竽充数"。曾经有姑娘去相亲，媒人为了趁热打铁，扩大"战果"，不失时机地带女方家人去看粮仓，夸赞道："这是一个勤劳的人家，你们看看这个粮仓，就像生产队的粮仓。"说完打开仓门，看到里面满满的都是黄灿灿的稻谷时，女方母亲脸上更加舒展。结婚后，粮仓里的稻谷也不翼而飞了。

　　好几次我家来客人了，我奶奶是非常好客的人，明明知道家中的米瓶已经空了，可她还是热情待客，偷偷地从后门溜出去借米，把借来的米又偷偷地拿到楼上倒入米瓶里，然后按人头又用米升量米，这样可以光明正大地拿到灶上去烧饭了。

改革开放后，农村实行了家庭联产承包责任制，我家的稻谷首次获得了大丰收，单单是早稻，就收割了满满的一拖拉机，终于装满了那个木板钉起来的粮仓，而且还远远装不下，彻底地解决了吃饭问题。

每年颗粒归仓的时候，我也上阵，母亲在稻场上筛谷、晒谷，还要倒入风车斗"激浊扬清"，然后把晒干净的稻谷装进方篮里，用一根竹竿"杆棒"。她在后、我在前，一篮一篮地杆到楼上，过秤后再把它倒入粮仓里，不苟言笑的父亲脸上堆满了久违的笑容，全家人沉浸在一片丰收的喜悦之中。从那以后，母亲每次上楼量米，升子都是堆得满满的，我们早晚都能吃上白米饭，再也不用担心粮仓见底了。

随着科技的进步，水稻产量越来越高，加上一年可以种植两熟的稻谷，原来的谷仓已经远远不够了，父亲又去买了一个谷仓，在空闲时，他经常去打开粮仓看看，像在欣赏自己的一件精美雕刻的艺术品，每一次都露出了甜蜜的笑容。

由于家中居住条件有限，家里的老鼠很多。经常半夜的时候，我们能听到老鼠打架的声音，它们跑来跑去都能把人吵醒。

有一次，粮仓底部被老鼠咬破了一个洞，父亲第二天就在外面钉上了一块小木板，可是一到晚上老鼠还是照样来。我希望能抓到一只老鼠，观察了很长时间，也碰到过好几次，只是老鼠跑得太快，次次都没有抓到。后来父亲买来了一个木板做的老鼠夹，在一根铁丝钩上钩了几颗玉米，老鼠果然中计啦，第二天老鼠夹上就夹了一只老鼠。

夹了几只老鼠后，过了一段时间，聪明的老鼠不来上当了，于是我们养了只小猫，家中安静多了。

尽管村里家家都有了余粮，但渐渐富裕的人们已经不满足于温饱，我们村有头脑的农民开始在田地里种植桑树养蚕了，可是父亲还是坚持要种植粮食，为这件事我和父亲吵过好几次架。当时很不明白，直到现在我才开始明白：父亲从小没有吃饱过，他看到家里稻谷满仓时特别高兴，手中有粮心中便不慌。只有对土地爱得深沉的父亲，才能有如此体味吧。

后来，有的田地无人耕种渐渐荒芜，有的耕地良田上面造了房子，父亲和村里的一些老人看到后常常絮叨："这样下去都不种田，以后喝西北风啊！"

改革开放已过四十年，父母离开我也已经多年了，我家的粮仓早已退出了历史的舞台，许多家庭用米袋作粮仓，但是我还是在用老家带来的泥陶制的米瓶（桶）装米和用米升量米。

远去的计算神器：算盘

在老家无意中翻出一把我小时候用过的算盘，这把算盘算起来已经有些年代了，是我小时候上珠算课时爷爷送给我的，至今我也已经四十多年不用它了。它像一个好久不见的老朋友出现在我眼前，满脸沧桑，与我互诉流水的光阴和烂漫的青春。我一只手抚摸久违的算珠，慢慢地拨动算珠，心里迷茫，手指生硬，记不清口诀，感慨岁月无情。

算盘曾经是世界上最古老的计算器，现在它的作用日渐弱化，逐渐淡出人们的视野。像我们这代人在孩童时代，基本上都有过拿算盘胡乱地拨弄算盘珠子听声响，或者将算盘翻放在地面上当作滑板车玩耍的经历。

据查证，在很久以前，人们是用石子记数的，到西周初年，人们开始用木棍或者竹签记数。由于木棍和竹签携带不方便又容易损坏等原因，人们又发明了用小棍子把珠子串起来的方法，这种记数和计算工具更为方便，慢慢地就把它改进成现在的算盘。算盘上用手拨动算珠的速度要比算筹的排列移动快得多，因此算盘就开始普及并替代算筹。

算盘（珠算盘），是我们祖先创造发明的一种简便的计算工具，它起源于北宋时代，人们往往把算盘的发明与中国古代四大发明相提并论，北宋名画《清明上河图》中赵太丞家药铺柜上就画有一架算盘。

在我小时候，我父亲是生产队的记工员，我经常看他用算盘计算社员的工分，还看到大队会计用算盘算账。大队会计打算盘打得得心应手，又快又准，而且他是左手拨弄算盘，右手拿一支笔记账。珠子噼啪作响，手指上下翻飞，他的神态、动作，简直就像是音乐会上的钢琴手。算珠发出的噼里啪啦的声音，总能引来男女老少羡慕的目光，因为那个时候，虽然会使用算盘的人很多，但是左手打得这么熟练的很少，这些人也是普通老百姓心中的能人。小时候，我特别敬意和崇拜这些能人，他们是文化人的象征。

在农村，算盘还被人们寄予"招财进宝""精打细算"之意。小孩满周岁时，老人们要把算盘摆上去让孩子"抓算盘"，认为抓到算盘，以后过生活会精打细算，甚至会发家致富的。我家搬新房那天父亲就是手拿一把算盘和一杆秤住进新房的。

我在读小学二年级的时候，村里的立木老师教过我们珠算，我当时对口诀感到非常神奇。那是上第一堂珠算课时，我才知道珠算不是儿戏，它是有口诀的，它是需要手法的。刚开始，我只能慢慢地拨动珠子，一上一下，不知怎么拨弄就眼睛牢牢盯着黑板看老师讲解。

可是老师黑板上演示的算盘怎么和我的不一样？当时感到很奇怪。原来老师不能用普通算盘给学生演示，为了让全班同学都能看到，就要用特殊算盘做教具。木算盘架上，珠杆上有塑料丝缠绕似毛刺状物防珠子滑落，你把珠子拨到什么位置，它便停留在那儿，可以固定住。珠子全是绿色塑料做的那种飞碟形，平时算盘上系着根细绳子，挂在黑板上，老师在黑板上写出几个算式，然后在教具算盘上讲，怎么拨珠子，用哪句口诀，并把口诀写在算盘下方的黑板上。学生一边听讲，一边在课桌上自备的算盘练习。

一开始立木老师教我们百子叠，渐渐地，我背熟了珠算口诀：一上一，二上二，三下五去二，四去六进一，五上五……手指也越来越灵敏。在课堂上，我总是很快把答案算出来，一直加到100，刚好是5050，准确无误。

算盘激发了我的计算欲望。放学后，我在家里一个人练习，将热闹和喧嚣拒之门外，用手指拨动木珠子，调动千万个数字，在小小的算盘上行走。

遗憾的是，后来我们没有珠算课了，到现在为止我只会加法。小时候我家收多少稻谷、采多少茶叶都是我用算盘加起来的，1992年到学校工作后，学生的成绩我也是先用算盘加好总分，然后在纸上算出平均分。

20世纪90年代以后，有了计算器，大家都冷落了算盘。

光阴荏苒，进入计算机时代，计算器也被计算机取代，算盘日渐淡出人们的视野，一个简单的计算工具，虽然从人们的视野里渐渐消失，但它毕竟是民族文化的瑰宝，在岁月的长河里，功不可没。使用了几千年的算盘，给中国灿烂的文化留下了重重的一笔。算盘那噼里啪啦的清脆声音，也成了一个时代的绝响。

时代进步了，农村的会计已经不再是一把算盘一支笔地记账、算账，而是伴随着按键声，鼠标点点就完成了所有的计算。满张报表的数字，再也不用一个一个相加，而是用Excel自动生成，算盘已经远离会计工作了。

现在，只有在电影里才能看到身材瘦长的账房先生眼戴着一副老花镜，手拿一把算盘噼里啪啦的模样。

现在的年轻人已经基本不会用算盘，我个人建议应当恢复算盘的教学，应当让祖宗留给我们的这个非常珍贵的非物质文化遗产，在我们的子孙后代中得到继续传承，让他们会使用，让他们不忘历史，让他们在现代化的发展中懂得珍藏我们祖国的宝贵遗产，中国人的聪明才智才会世世代代传承下去。

"一上一，二上二，三下五除二，四去六进一，五上五……"这是多少人曾烂熟于心的珠算口诀，但今天想想，你有多久没用到它了？虽然动作慢一点儿、口诀生疏一点儿，但是我还是再一次拨动算珠，再一次叠起了百子，拨子声声声入耳，感觉有一种文化在支撑着生命，演绎着生活的韵味。

你还记得自己当年 BP 机的号码吗？

昨天我整理相册的时候，发现一张自己当年腰挎一个 BP 机（寻呼机）的照片，那还是"摩托罗拉"呢！二十几年前，关于 BP 机我还真有点故事，它像一个匆匆的过客，在我的身边有过短暂的停留，虽然悄悄地离去了，但给人们留下了深深的记忆和无限的怀念。寻呼机年代，才二十几年前的事，居然感觉已经如此遥远……不知道大家是不是还记得，自己的寻呼机号码是多少？

因 BP 机收到信息时发出的 BP 声响，所有的用户皆叫它为"BP 机"，香港人叫他"CALL 机"，我们还叫他"传呼机""BB 机""寻呼机"等，"BB、BB……"BP 机发出的声音曾经响遍大江南北。如今，"BB"声渐行渐远，许多人都已记不起自己的寻呼机号码，但一谈起那段时期的事情，人们却还记忆犹新。

20 世纪 80 年代末，我国开始出现了 BP 机。随着科学技术的成熟和社会需求的增大，1990 年开始，传呼台如雨后春笋般遍地开花，传呼市场的繁荣使各传呼台之间的竞争也日益白热化。20 世纪 90 年代初，BP 机不是人人都用得起的，挂个 BP 机，走起路来都特别带劲，特神气。有的朋友，BP 机一响，马上就引来一片羡慕的目光，临别时，还得说上一句"有事就 call 我啊"，感觉有面子极了。

我心想，什么时候我也挂一部显摆！当时有人要是在腰间挂个 BP 机，说明此人不富则贵，是"有身份的人"，有了 BP 机的人，仅次于有"大哥大"手提电话的人。

我的第一只 BP 机是 1995 年一位朋友从广州买给我的，没有入网前价格 750 元，相当于两个月的工资，使用还要加上入网费和月租费，是我当时最贵的奢侈品，我也是全校教师队伍中最早使用 BP 机的。

其实对我来说 BP 机没有多大的用处，我一个小教书匠，呼我的人也不多，而且一旦 BP 机响后，找电话还是很麻烦的事，多亏虞宅村是浦江县的电话村。信号塔在八角尖顶上，别人呼我要打电话给服务员，由服务员中转信息才能收到，还经常出现信号不好而收不到信息的情况。

直到后来才有了自动可以直呼的 BP 机，最初只有数字显示的，后来又有了汉显的，也就是屏幕上可以显示汉字。显示汉字的寻呼机比数字寻呼机又先进了一步，对方可以在你的寻呼机上留短语，你看到就知道了谁在找你、有什么事。

其间我也换了两部机型，后来机型越来越精致，重量越来越轻，价格也越来越便宜。寻呼机体积不大，我加了一个皮外套挎在腰间，有人一呼，腰间立马响起蛐蛐的叫声，就知道有人找了，马上在附近找台座机给人家回电话，当时的公用电话生意都特别好。用上寻呼机后，我与外界的联系方便了，并且还满足了自己一点儿小小的虚荣心。

在那个年代，如果要开通一部"大哥大"手提电话，要好几万元，这是天文数字呀，除大老板，打工仔想都不敢想。20 世纪 90 年代有钱人必备炫目利器就是"大哥大"。

最初代的手机名曰"大哥大"，有一斤多重，三四十厘米长，还有半尺多长的天线，BP 机一来信息，顺手拿起手机就能给对方回电话，比起到处找固定电话，着实方便多了。那会儿，一些有钱的生意人出去谈生意，还没坐下，就要先掏出"大哥大"往桌上一放，然后再配套放包中华烟和名牌打火机，这在当时是很显派头的"三件套"，我们经常从香港影视里经常看到。

曾经是"一呼天下应"，现在天下呼它，它也不应了，一场轰轰烈烈的先进科技的传呼业，昙花一现，被更先进的手机浪潮，推到历史的长河中。

手机渐渐出现了，尽管当初只有诺基亚和摩托罗拉等不多的品牌。

我的 BP 机一直使用到 1999 年下半年，因为我有了第一只手机，于是结束了 BP 机的使用，遗憾的是我已经忘记自己当年 BP 机的号码了。

前后不过 4 年，这么短的时间内一项新技术在我身上从兴起到高潮到滑坡到没落，让人惊讶 20 世纪科学技术发展的迅猛。同样，回头看看来时路，其实 BP 机带给我们的绝不仅仅是一项纯物质的技术。改革开放打开了国门，带动了国内科学技术的飞速发展，而科学的进步让每个人都感受到了生活的便利，对我们来说，现代化科学技术带给我们的除了家里不断升级换代的电器之外，还有随之而来的全新的生活方式，也为之后到来的信息时代奏响了序曲。

如今通信技术可谓日新月异，高科技的智能手机层出不穷，BP 机的时代已一去不返，成为一段过往的历史。

饮水的变迁

　　自祖上逐水草而居生活在山岗上，历经了四百多年的沧桑岁月，子孙繁衍形成了规模较大的村落，村民的饮水也历经露天山坑水到饮用井水，到如今的自来水，几次变迁过程记录了时代发展的轨迹。

小时候，每家灶台边都有口储水大缸，用以维持一家人的饮用水生计。缸中有水，心中不慌，纵然是刮风下雨，缸中万不能缺水。每天早上广播里"东方红"晨曲一响，父亲就用一根扁担、两只水桶，去两百米外的井里挑水，水桶挂在竹竿做成的井钩上，"扑通"一声后，从井里拉上来一桶水。装满两桶水后就把水挑回家，挑满一缸水，父亲要往返好几回。特别是冬天井台上有积冰，路面也很滑，他挑水时格外小心翼翼。

　　每到早晨，井边挑水的人就排起了队，相互打着招呼。当一桶桶清水从井里拉上来，人们便陆续地挑着水回家了。挑水时扁担会发出"吱扭吱扭"的声响，那是村里美妙的乐曲。水桶溅出的水滴落在泥土路上，留下一条条痕迹，由井边一直延伸到各家水缸边，成了一幅美丽的图画。再过一会儿，家家户户的烟囱便开始冒烟了，整个村子笼罩在一片炊烟之下。

　　我特别喜欢喝井里的水，特别是在三伏天，我们在用竹竿做的井钩最下端一节凿了一个小孔，井钩从水里拉上来后，我用嘴巴直接对准那个凿口喝水，低头猛吸几口，能凉到心里头。站在井边往下看，一股清凉气扑面而来，好舒服，从水影中看见了自己稚气的脸，然后扮出各种鬼脸，并向着井里发出各种怪叫，听"嗡嗡嗡"的回声。夏天，清澈见底的井水凉得沁人。冬天，井里升腾着蒸汽，袅袅水汽飘舞在空中，散向四周。

　　每天起床后，我拿葫芦瓢从水缸中往脸盆里舀水，母亲总会嘱咐一句："少舀点！"我就把瓢里的水倒回水缸中一些。放学回家，口渴难耐，望缸里我舀了满满一瓢水，咕噜咕噜喝掉一半，剩下的顺手当废水倒了。母亲又说："把水倒掉多少可惜啊。"艰窘的生活，使母亲"吝啬"得有些过分，想想真让人酸楚。

上初中时我家离学校有四公里路程，因此只能住校。学校给每个寝室配一个剪了缺口的旧篮球，两个缺口之间吊了一根长长的绳子用来打水。每天傍晚我们把用篮球打上来的水储存在自己的脸盆里，放在床底下以便第二天使用。晚自习下课口渴时脸扑到脸盆里，张开嘴巴一顿牛饮感到十分满足。很负责任的班主任张老师起得很早，经常会把打好的水送到我们寝室门口，蒸饭、起床时井边篮球打水的情景非常热闹。

上高中时虽然学校定时用抽水机把井水抽到高处的水塔上，但是由于经常抢不到水龙头，我们还是喜欢到学校后门的壶源江里取水。

改革开放后，村民自发组织在山上修建了一个蓄水池引水，通过水管接到农户家中。虽然村民喝上了水，但这并不是真正的自来水，无法保证水质、水压、水量，随着用水量的增加，蓄水池里经常断水。

随着生活水平的提高，村民对生活质量、健康更加关注，迫切希望能喝到干净的自来水。

如今，政府在农村实施了集中统一供水工程，农村山区彻底告别原来"看天喝水"的被动局面，供水模式从单村管护向集中处理转变，山区百姓也能喝上和城区人民一样安全、优质、放心的自来水。

自来水流进小山村，把水龙头直接引到灶台旁，只需轻轻一拧，清澈甘甜的自来水便哗哗地流了出来，实现了农村供水与城市供水"同网、同质、同服务"目标。学校里都安装了直饮水工程，学生再也不用喝生水了。大家喝上洁净的自来水，口感甜滋滋，心里暖洋洋，感恩大变革时代带来福音。

一壶甘甜的茶水，触动了我的内心，无数个夜里，村里的老井再次浮现于我的梦境，挑水时扁担发出的"吱扭"声，让我无限怀念那些艰辛却难忘的悠远日子。

　　一滴水折射出太阳的光辉，集中供水的画卷已经展开，这源源不断的水流必将为山区注入澎湃奔腾的发展动力，见证山区农村更加幸福美好的未来，饮水方式的变迁让我再一次深深地体会到了小山村的巨变。

粉红色的回忆

　　"夏天夏天悄悄过去留下小秘密，压心底压心底不能告诉你，晚风吹过温暖我心底我又想起你，多甜蜜多甜蜜怎能忘记……"每当我的车里播放怀旧韩宝仪演唱的歌曲《粉红色的回忆》时，那些陈旧的磁带往事与记忆就会陆续被挤出来了，晾在眼前，闪闪夺目，直到现在我每次静静地听它，总会发呆、沉思，仿佛又

小酒漫画
甲辰年
鹿画
大师
粉红色的回忆

回到那个年代。

改革开放后，伴随着一些极其时髦的旋律，紧身牛仔裤、花格子衬衫、迪斯科、喇叭裤及烫头发开始在街头巷尾流行起来，再配上一副蛤蟆镜，这在当时可是标榜时尚的高配置。而当人们将这些时髦元素集齐的时候，随身携带一部双卡录音机也成了当时街头最入时的事情。对于生活在那个年代的年轻人来说，港台流行歌曲仿佛在平淡无味的生活中注入了一股清泉，给人们带来了清新和愉悦。

20世纪80年代中后期，我开了一家钟表修理部，在街上第一次听到《粉红色的回忆》的歌曲。那百灵鸟般的歌声十分美妙动听，余音不绝，欢快洒落在底，宛如些活泼轻盈的精灵，让年轻人联想翩翩。苦于我囊中羞涩，买不起录音机，看着别人店里一天到晚用录音机播放流行歌曲，生意比我好，心中感到羡慕又很焦急，多么渴望自己也能拥有一台录音机。

买不起录音机那先买磁带吧！因为我实在太喜欢这盘磁带了。在浦江县百货公司磁带门市部（现在的文化广场附近），我在柜台里看来看去，一个中年男子问我："找什么歌？""有没有粉红色的回忆？"他迅速地从柜台那两列整齐的磁带中拿出一盒递给我。我几乎不假思索地付了钱。他问我："要试试音吗？"我点点头。于是A面第一首《无奈的思绪》就在店里那台高级双卡收录机里"嘭嘭嘭"地响起来了，音质奇佳。

于是先买了这盘磁带，借别人的录音机听了几次，随后我只能先把它保存起来再说。

后来我又听到了一首当时非常流行的《悔恨的泪》，低沉而委婉的旋律，仿佛是悔恨和自责的交织，母亲的期盼、儿子的懊悔，如身临其境般地刺痛每一个人的心，让人心碎，于是我又买了这一盘磁带。

直到两年以后，我东凑西拼才买了一台录音机，虽然播放《粉红色的回忆》比别人迟到了两年多时间，但我还是钟情如初。

这盘专辑我究竟听了多少次，已经记不清了，但毫无疑问，在相当长的一段时间里，我就只拥有这一盘歌曲磁带，反反复复地听、唱，为了提高音效，我把录音机两个喇叭拆下来分开挂在高处，自以为是立体声。专辑里的每首歌曲我都烂熟于心，就连编曲伴奏的细节如乐器出现、节奏变化等，亦是一丝不漏地记下。

从那以后，我每次到浦江城里去，第一件事就是到百货公司买磁带，每到别人家做客，我都随身带着空白磁带，听到自己喜欢的歌曲就翻录下来，不管音质好坏。

有快乐就有痛苦，我的磁带岁月曾有三大恨事：一是买磁带时总在柜台前徘徊、纠结、挣扎，三四元一盘的磁带实在太贵了，很多次只能望梅止渴；二是听磁带时发生绞带，那真是痛不欲生啊；三是每盘磁带我都会乐于与人分享，当时我有六十几盒磁带，有满满的两抽屉，堪称全村最多，可是很多盘磁带外借流浪后再也回不来了。

在那个年代，很多年轻人文化水平不高，不会写情书。当时，我记得曾帮不少年轻人写情书，很多句子我都是照抄些歌词，读起来洋洋洒洒、含情脉脉，让对方觉得男孩子很有文采，因此也涌现出几个"粉红色的故事"。

也许，磁带不只是磁带，它更代表了一种心情、一段岁月，寄托了一份情感，负载着一种已然失却但人人怀念的精神，诉求随着时间飞逝。磁带、录音机虽已经淡出了市场，我的燕舞牌录音机也早已下岗，本想敝帚自珍，却被借住在我家的邻居弃之敝屣。

随着年龄的不断增长，关于磁带和青春的这场盛大的演出将近尾声时，我发现自己越来越喜欢回忆了，回忆从前的事情，伴随着很多怀念，生命中那一段洁白无瑕的纯真年代，虽然已经随着岁月的河流匆匆逝去，记忆里，一幕幕却依然鲜明如昨，让人回忆得无比怅惘，怀念得无比感慨。

最近，我无意中打开抽屉，在收拾过程中，翻出了只剩下寥寥无几的年轻时买的磁带，心中感慨！一段难忘的岁月因为有韩宝仪等几位歌星的歌声而有了粉红色的美丽，这些磁带，这些歌曲都代表一个时代，磁带已随往事远逝，繁华散尽后，仍然穿过岁月的音符，滚落出一地的温柔，留下独有的印记。无比怀念那个时代的歌曲，怀念用铅笔给磁带倒带的日子，怀念需要翻 AB 面的那一盘盘磁带，回忆那时候自己的青涩与纯真。

儿时的趣事

儿时的那些 "偷" 趣

　　我的童年是在 20 世纪 70 年代度过的，在那个物资匮乏、生活贫困、吃不饱穿不暖的年代，小孩子们喜欢到处偷点东西吃吃，几乎每个小孩都当过 "小偷"，但不是作奸犯科的那种 "偷"。小时候，我也偷过许多东西，算起来有偷过人家的桃子，偷过父亲的烟酒，偷过山上的木柴，偷过地里的番薯，等等，这些小小的 "偷"，从侧面也反映了儿时的顽皮、孩子们的天真幼稚，如果没有这些小小的 "偷"，我们的童年就不会有这么多美好的回忆，那真是偷出了一个精彩的童年。

偷桃子

　　放暑假的时候桃子刚好成熟了，而我们家没有桃树，所以我特别羡慕有桃树的人家。其实有桃树的人家每家也只有两三棵而已。看着那红红诱人的桃子，馋得口水流下三千尺，几个小伙伴忍不住一起商量着去偷几个尝尝。

　　说干就干，在午后一两点钟的时候，趁着外面的大太阳就出门去。这时候大家一般都在午睡，路上行人特别少，我们好像特别不怕晒，被晌午的太阳晒得火辣辣的，我们几个也从不打伞戴帽子，沿着草丛往山上跑，草丛里面的热气是一浪接着一浪，而我们似乎就是不怕热，汗水把衣服打湿了也浑然不觉。

　　首先看桃树下有没有人看守，往往一到桃子成熟的季节，桃树的主人就要在桃树园里搭个小棚，看守桃子，即使是一个空棚子也能震慑我们这群小偷。快到桃树园时，我们放慢了脚步，轻轻地一点儿一点儿地向桃树靠近，因为是山地，地势高低不平，桃树没有围栏，所以不用担心进不去。

　　看到桃树，我们偷偷摸了进去，大家分工合作，有的去摘桃，有的负责望风，最搞笑的是有一个小伙伴最喜欢搞恶作剧，我们刚上去他就发出信号，咳嗽一声并拔腿就跑，把我们吓得跳下桃树四处逃窜，他却停下来哈哈大笑，原来他是骗我们的。第一次得手后，我们开始越来越"猖狂"，从最开始的摘一个到后来用衣服兜一包桃子。

　　有一次到桃树园后，看着园子里桃树上挂着红红的美味的桃子，我口水都快流出来了。桃子正是采摘的时候，一看没人，我们胆子大了起来，先在地上捡块石头向树上的桃子扔去，桃子没打着，桃树却发出了声响，哪知守桃子的人在树丛里，响声惊动了他。那人听到声音，立刻出来，这样我们被发现了，几个人赶紧逃跑。傍晚回家时遭到了父母的一顿责骂。

　　又一次，我们正摘得高兴，在树上哈哈大笑，结果就听到一声浑厚的男低音大吼一声"哪些孩子偷我的桃子？"啊呀！那一刻我们马上跳下树拔腿就跑，想都没想逃出园子就往对面的树丛里钻去，我们俩一路狂奔，跑了好久好久才停了下来！心还跳得扑通扑通的，绕道回家，回到家一直很忐忑，生怕父母知道。从那以后，我再也不敢去偷果子了。

　　桃子成熟后，过了几天，桃树的主人把桃子采摘下来，然后我们用刚收来的小麦去兑换，二斤小麦兑换一斤桃子，所以种桃树的收入比种小麦要高得多。

如今我老家浦江中余凭借着山区独特的气候、水文、地形、土壤等自然条件，以及独具匠心的精心栽培，出产了风味独特、脆甜多汁的黄桃，"中余黄桃"在短短几年间实现了从传统的粗放式种植向集约型种植的转变。目前中余乡黄桃种植面积已达 2500 余亩，黄桃产业已然成为中余农业的一张"金色名片"，小时候偷吃的桃子，现已成为带动山区农民增收致富的"黄金果"。

偷烟抽

小时候，我总感觉抽烟是成熟男人的象征，是社会交往的必需品，凡是两个熟识的成年男子见面，或不熟悉想熟悉的成年男子见面，第一件事就是互相掏烟、点烟。小时候，我看到大人嘴里叼着根烟吞云吐雾，觉得很有趣，吸一口，再吐出烟雾，好神奇。他们手里夹着烟卷，过一会儿嘴里深吸一口，微闭上双眼，让烟气在肚子里转一遭儿，然后慢慢地睁开眼睛，恋恋不舍地吐一个烟圈儿，那种神气令我羡慕不已，我总想什么时候也去尝尝香烟的味道。可是吸烟只是大人的特权，大人都不准孩子触碰香烟的。

有一次我们几个小朋友把玉米须当作烟丝，用剪刀剪成烟丝状，然后再用纸把它卷起来，像大人那样抽烟。我吸进去后感觉又苦又辣，一点儿都不好吃，就马上吐了出来，一个比我大的小朋友说："不能这样吸的，我看到大人是要把它吸到肚子里面去，然后鼻子里面出来的。"我再用力吸了一口，呛得流出了眼泪，心想真的香烟肯定不是这个味道。

那时农村尚处于物资匮乏时期的计划经济时代，那年过年，供销合作社分给我家两包雄狮牌香烟票，父亲把香烟买回来后自己舍不得吸，说要留到下次请篾匠师傅时候给师傅。

有一次我趁家人不在的时候，偷偷从柜子里拿出那包香烟，很小心翼翼地剥开中间那张封条，抽出一支香烟，然后又把封条粘好，放回原处。随后，我用火柴点燃香烟，学着大人的样子猛吸了一口并立马吞到肚子里，我的妈呀，就一口把我呛得够呛，眼泪鼻涕都呛出来了，吸烟比上次吸玉米须还要苦辣，原来香烟的味道是这么让人难受的一种味道，怎么还有这么多人喜欢它？

从那以后我再也不敢偷着吸烟了，一直到现在还记得那种呛鼻的苦味，也一直不喜欢烟的那股味道。

那年的那个篾匠师傅后来说："你家的雄狮牌香烟怎么只有十九支？"我父亲怀疑是比我大几岁的小舅舅偷吸的，我心中只是暗暗窃喜。

偷酒喝

小时候看见大人喝酒，一口下去发出的声响和那豪迈的"干杯"声令人向往，因此我很想尝尝味道，甚至在我喝水时也这么来一声。

那年快过年了，母亲用糯米做了一脸盆白酒卤，然后放到楼上柜子里面发酵，等待做白酒。每天放学后我总能闻到那股香味，于是忍不住打开柜子，"啊，真香！"说着，我用调羹掏了一勺到嘴里，一股有点苦涩的甜香味钻入心扉，再吃一勺……不能多吃，怕父母责骂。可是第二天我还是忍不住又去偷吃了，直到母亲到楼上把它拿下来做酒，一看脸盆中央已经挖了一个很大的洞，才知道我偷吃了，并说道："这个是做白酒的白酒卤，不是甜酒卤。"骂得我哑口无言。

父亲喜欢喝点酒，家中没有钱买老酒，于是到每年收番薯季节，用自己家里的番薯渣酿酒。

有一次酿酒师傅来我家酿酒，到晚上已经酿出了酒。我一直站在屋内注视着父亲的一举一动，看见他们喝酒时那快乐的样子，我想酒一定很好喝，心说非弄一杯尝尝不可。趁他们不注意，我端起酒杯，一仰脖，把一杯酒咽下肚，但喝到嘴里的感觉没有我想象的那么美好，又苦又辣又烧嗓子，刺激得我吃到肚里的东西直往上蹿，好难受啊！这时我就想：这么难喝的东西，人们为什么要喝它？只觉得酒太辣了，比我生病时妈妈让我喝的中药还要难喝。

当我回屋时，觉得身子像驾云似的，飘飘悠悠，头晕头痛，甚至听见了自己头上筋脉的脉搏跳动声，昏昏沉沉地想躺在床上，而一旦躺在床上了，胃里面的东西又一阵阵地往上涌，很想吐，但又往外吐不出，可刚一上床，又想吐。如此折腾，干脆起床吐吐吧，直吐得翻江倒海，吐到最后只吐黄水，那个难受啊，真是一言难尽啊！到了第二天，头还痛，除了粥，什么都不想吃，一连两天都萎靡不振，连上学都请假了。

我想，酒不充饥又不解渴，就其感觉来说，口感又那么差，还不如一瓶糖水，更不用说我喜欢的汽水了。常常听大人说谁贪杯误事，可是偏偏我们的古人为它写了那么多的优美的诗句，说什么"花间一壶酒，独酌无相亲"，什么"明月几时有，把酒问青天"，偏偏现在还有那么多的人嗜饮，难道是古代的酒比现在的好喝？

从那以后一直到今天，我总是认为烟酒味道不好，至今烟酒不沾。

时过境迁，想起小时候这些偷东西吃的经历，觉得自己那个时候是那么幼稚好笑。

儿时乒乓趣事

　　农村孩子的童年是多趣的，儿时的游戏又让我想起那已经消失的农村气息。20 世纪 70 年代的农村物资匮乏、生活条件很差，生活在那个年代的农村孩子没有任何像样的玩具和上档次的娱乐方式，但在拮据的日子里，生活还是充满了许多乐趣，让我难以忘怀的还有乒乓趣事。

　　我家离村里的学校很近，那时看到有人在玩乒乓球很是羡慕，一群和球桌差不多高的小孩整天围着球桌转，迫不及待地想

去体验一下打乒乓球的感觉，但是打乒乓球可不是那么容易的一件事，因为我们没有乒乓球也没有球拍。乒乓球倒是好解决，上供销社花八分钱买了一个月兔牌乒乓球，球拍肯定是买不起的，于是我找了两块瓦片和小朋友们玩了起来，瓦片碎了，就随便再找一块木板。当时谁都不怎么会玩，但还是玩得那么开心。

当我们稍微会打一点儿后，就不满足于用瓦片了，我决定回家自己做一副球板出来。我在家里找了半天终于找到一块合适的木板，叫爷爷再用锯子锯出两个球拍大小的圆形，再钉上木柄就好了。有了球拍后我兴奋不已，在打球时非要打得"砰砰"响才有打球的感觉，而这种球拍特别有威力，一个乒乓球用不了多长时间。

没有球网，我们就用砖头，在两张球桌的中间码上一排砖头，有时为了好玩，我们会把砖头造得很低，有时又会垒得无比高，反正大家都公平，你高我也高，比的是谁技术更高。有时，球网还用一根扫帚柄代替。

我们像模像样地练起了发球技术，技术很差时只能玩托球，在一旁围观的小朋友，一个个也想参加。一开始我们玩的是"四颗头"（四分淘汰制），可是由于人多，往往站上很长时间才能轮上打一拍子，其他人只能站在一旁干着急。于是我们采用了"点将"的方法打球。先由两个技术最好的人分别当"皇"，通过一个球输赢制度比赛，分别挑选属于自己的"将"，赢球的那方先挑选，直到所有人被均分为止。若剩下一人，也可以通过输赢划分决定归属。人员划分好了就开始正式开战。

双方按照挑选队友顺序上场，首场比赛在两名"皇"之间进行，实行三个球论胜负的规则，若一方三个球全部获胜，则获得一个"护身符"，还可以接着再打，输掉一方被"斩首"，失去比赛资格。若比分为 2∶1，或者 1∶1 则双方均更替下一名队友上场。直到两队中一方被对方"杀光"，再重新进行第二次点将。我们那时候一般输掉的那一队会绕着乒乓球桌跑上几圈为胜利者庆功。

有时抢不到学校的球桌，我们还用吃饭的桌子、单块的门板、两人坐的长凳，甚至在教室里我们也用过课桌当作球桌。由于当时学校的条件不好，大多的课桌面总是高低不平、千疮百孔的，桌面的缝隙很大，打起球来"坎丝球"会很多，会让另一方接球者措手不及。八分钱一个的月兔牌乒乓球有时还要好几个小朋友合资去买，我们很少去买一角两分钱一个的红双喜牌乒乓球，因为太贵了。

1992 年我到虞宅乡中学工作，学校面积很小，全校只有六个班级，在教室门口的梧桐树下有两张水泥球桌，虽然"装备"十分简陋，但是下课时这里成了孩子们的乐园。一个个的塑料球打在坚硬的水泥桌子上，不仅不太起球，而且发出"噗""噗"的声响，如果水泥球桌上还残留一点儿泥沙，对方把球打在泥沙上，会让接球者措手不及。水泥制的乒乓球台，球台中间也用不起专门的框架球网，仍然采用我们小时候的老办法——用砖头。找到几块完整的砖头是一件无比幸运的事，经常都是些残缺不全的，反正，当中能够用东西垒起来形成一个隔网就算大功告成，我们就可以开打了。星期六我不回家的日子也经常和同事、学生在那水泥球桌上打球。

时光荏苒，岁月无声，曾经留给我们儿时的记忆早已经慢慢褪去，但是对它的情怀又何曾消失？小时候的我们很容易满足，而现在的我们也要拥有小时候的心境，永远拥有儿时的纯真。

儿时记忆：香烟壳

我出生于 20 世纪 60 年代中后期，在那个物资匮乏的年代，没有什么玩具可玩的，但玩是孩子的天性，利用一切可利用的材料就能玩出新的花样。比如吸烟后剩下的烟壳就成了小朋友们手中最好的玩具，我想生在同年代的孩子都有这样的经历。

我童年时曾对此乐此不疲。在计划经济年代，香烟都是凭票购买的，香烟的牌子不是很多，记忆中有"雄狮""新安江""大红鹰（大老鹰）""旗鼓""飞马"等，"大前门"算是比较高档的了。最便宜的是"经济"牌香烟，七分钱一包。我父亲不太抽烟，每年分下来的烟票从来不舍得浪费，要放到请手艺人（木匠、篾匠）时才开始用。

香烟壳（当时都是软包装，其实是香烟纸）一般是大人吸完一盒烟后留给自己孩子的，但对于我来说，更多的是和小伙伴们去拾大人扔了的香烟纸，特别是放电影之后的第二天早上，我们总可以捡到好几个香烟壳，胜似捡到钱。为了能得到一只牌子好、价格高的香烟壳，我总是围着大人转，只求他在抽完最后一支烟后把那壳给我。小小的烟壳就像其他玩具一样，对我的童年生活来说是一大乐趣，在我的衣服口袋里，可以经常没有吃的零食，但不可以没有一两样玩具，更是不能少了各种品牌的香烟壳。

那时扑克牌的玩法很简单，就是"争上游"。我们经常在厅堂里面围着麦磨玩"争上游"，那时扑克牌是很耐用的，一副牌可以打很久，最容易变色的是大小司令，一旦大小司令能从背面一眼认出来时，这副牌就不能用了，要换新的了。

后来又有了新的玩法，我们把收集来的香烟壳叠成长方形，做成有正反面的纸牌，也就是双方各出一张香烟纸牌，然后就一起放在地上，由"大"的一方用手拍，按照香烟壳的品牌、价格来决定由谁来第一个玩。玩家把船形的烟壳叠在一起撒到地上，面朝下算赢，可直接收走，而对面朝上的则需用手去拍。随着手拍出的气流，船形烟壳会自动翻转身来，这样也能收回。要是没翻转，那就由第二个人继续拍，直到拍翻取走为止。有时为了能赢上一只好烟壳，我们会忘了父母的叮嘱，不顾地上有多脏，整个人趴在地上，使劲地挥动手臂去拍香烟壳。这样一来，不仅手拍得很疼，衣服裤子上也就沾满了泥土。

香烟壳的"大小"都是按当时香烟的价格，由我们自己定的，如果哪个小朋友搞到一张谁也没见过的新烟纸，就拼命吹嘘它有多贵。记得有一次，有个小朋友拿来一张"恒大"烟纸，大家都没见过，他说"恒大"香烟非常贵，我们又看见烟纸上写着高级香烟，就信以为真了，把它指定为最"大"的，后来才得知这高级香烟并不贵，大家上当了。以后再遇到不认识的，在没能搞清楚它的价格前，我们就不让这个牌子参加比赛。

小时候我捡香烟壳特别积极，尤其是当搞到一张"中华"时，可以高兴一整天。"中华"烟盒上是繁体字，我们称为"大写字中华"，"中华"那时是最"大"的烟纸，拥有它，小朋友都会投来羡慕的眼神，我还用二分钱去买过一个香烟壳呢！

直到我自己做师傅后，总有顾客递根烟给我。那时最流行的是外国烟，有"良友""万宝路""希尔顿"等，其实我不懂烟，也不吸烟，香烟一直和我无缘。

几十年过去了，现在的市场上已很少有这种软包装的烟壳了。现在香烟的品种越来越多，不抽烟的人也越来越多了，大家都知道吸烟有害，纷纷创建了无烟办公室、无烟单位。我对抽烟不感兴趣，不过对于香烟壳始终有着一种无法抹去的好感。可能谁也不会想到一张丢弃的香烟壳，让我童年的时光中有了欢声笑语。每当看到香烟壳我就会时不时想起童年天真烂漫的时光，想到童年的天真与快乐。

门槛上的沙漏

　　一根方整的长木，经过岁月的洗礼，不知道有多少人曾在它上面跨过、踩过、跳过、坐过，也不知有多少人的回忆曾在它上面停留过？这就是那道门槛，它不知承载着多少家的记忆？

　　古时候的门都是木头门，如果把门直接安装在地上，时间久了，木门会逐渐腐朽，地面也会变得坑坑洼洼，门缝则会越来越大。而加上的一根门槛，如同人上下两排牙齿那样巧妙的结构，可以更好地起到密合作用。门槛也是为了防止家财外露，同时它可以保护门的底部，阻挡从门底下吹入的风。老家有说法：门槛具有遮挡污物和避邪的作用，门口横上一道门槛，象征着竖立一道墙，将一切不好的东西挡在门外，以保一家人的平安幸福。

　　门槛横伏于门口，由于上下两个门钮的磨合，开关门时总是听到"格格格……"的响声，从门槛上迈进去退出来，给人一种家里家外的感觉，它是家内家外区域的分界线。

　　门槛是忌讳用脚去踩踏的。小时候，我如果踩了门槛或者站在门槛上，总会受长辈一番教育。据说忌踩门槛这一风俗始于先秦时期，那时大臣们出入君主的门户时，不能踩着门槛，只能从上面跨过，传说踩门槛会损坏自家的气运，冲撞了家神。

　　门槛往往象征地位尊卑，先秦时期的这种君臣礼仪风俗一直延续下来，之后演变为家族地位的高低，门槛的高低还能体现主人的一份尊严和身份。

儿时的我曾仔细打量过我家的那道门槛。它比我的小凳子还要高一点儿，小时候我只能踩在小凳子上才能跨过门槛。后来我越来越高，而那道门槛越来越低，低到只要轻轻一抬脚，就能轻易跨过它。它承担了我太多美好和温暖的记忆。

奶奶戴着老花镜，坐在门槛上，针线筐里放着各种布头针线，她眯着眼，缝一针一低头，像祈祷一样专注，像哼歌一样轻柔。我爷爷不但会雕刻，会剪纸、画画，还会做各种各样的玩具，而且样样做得非常精美，于是我经常学爷爷手拿一把钩刀在门槛上装模作样地做玩具，我家的门槛因此被我砍得伤痕累累。

小时候我们常常以门槛为界，分成敌我双方，外攻内守，用秸秆当枪，战作一团。此时门槛成了双方争夺的高地，我们只要能站上门槛，就会高喊"我们胜利了"！

那个时候，我家条件不好，家里的光线比较黑暗，白天又舍不得开灯，加上家中也没有像样的桌子，于是在每天放学后，我就搬一条方凳子当作桌子，然后坐在门槛上开始做算术、抄写语文词语，不知在门槛上写了多少作业。曾经有位邻居看到我写字那么认真，说我这个小孩以后会有出息的，遗憾的是现在马上到花甲了还是没有出息。

由于门槛足够高，坐着也舒服，因此，每逢吃饭的时候，门槛也便成了主要阵地。

我生气时总是孤零零地一个人呆坐在门槛上，那时没有多少人理解我，而那道门槛便成了我心中小小烦恼的最佳倾听者，无声的它，陪伴着我从幼稚走向成熟。

坐在门槛上看天气，也是别有一番情景。父母出去干活儿了，稻谷晒在篾垫里，父母嘱咐我要随时注意天气，不论大雨还是小雨，都必须赶快收好稻谷。我就坐在门槛上观看天象，要是稻谷被淋湿了，免不了要被父母训斥。

时过境迁，长大后我再也没有坐在那道门槛上吃过饭，再也没有坐在那道门槛上写过作业，再也没有坐在那道门槛上看过雨，但我多想再坐在门槛上，双手托腮想一想小时候的家，看着母亲在灶台忙乎的身影，看着奶奶戴着老花镜迈着裹着白帆布的"三寸金莲"坐在门槛上缝补衣服，看着爷爷在门口扎花灯，再听听那熟悉的"格格格"响声。刚开始遐思，我还没来得及遥望，就被眼前的现实打断了。

现在新建的楼房已经没有门槛了，小孩子再也不用坐在门槛上写作业了，但门槛作为中国传统建筑重要的构成元素，其作用及意义影响深远。"门槛"两个字的意思也已经演变成"进入某个行业的标准或条件"。

门槛上的时光像沙漏一样，已经一去不复返了，但我仍惦着那道门槛，念着那个家。

夏夜乘凉

　　炎热的夏天，吃过晚饭，在刚修缮完工的老家老房子门口，我躺在躺椅上，感受到山区的温度确实比城里要低好几度，我通过天井仰望星空，星星冲我眨眼，望着满天繁星的夜空，好多年没有乘凉的这种感觉了，迎面吹来一阵凉风，我深深地吸了一口气，凉风中还夹杂着泥土的芳香，我的思绪进入了儿时夏夜乘凉的回忆。

儿时炎热的夏天，在忙碌了一天的农活儿后，夜幕降临，徽派老式四合院老房子窗户少而小，电风扇还没有横空出世，空调更不知是何物。夜幕降临，奶奶早早地叫我拿一桶凉水泼在我家后门的石头凳子和地面上，先给它们降降温。说是石凳子，其实那就是几块石头垒在一起。泼完水后，我用手摸一下石头，感觉比我没有用水泼前更烫，白天晒得滚烫的地面，突然被冷水泼浇后，滋滋地冒阵阵白气。

每当夜幕降临的时候，屋里的炎热还是那么舍不得离去，闷热的空气让在屋里的人满身流汗。大人们不得不赶快吃饭、冲澡，走出屋外去乘凉。

晚饭后，爷爷、奶奶、父母，还有隔壁邻居，都坐到我家后门乘凉，那时夏夜户外乘凉是一种习俗，也是他们进行交流的绝好时机。邻里乡亲因此关系融洽，乡间的淳朴民风得以形成。白日里下地收拾农活儿，没有多少时间可以坐在一起谈天说地，只有在这宁静的夜晚，大家可以坐下来彼此问候交流。对孩子们来说，夏夜户外乘凉可以说是一种娱乐活动，我们四处乱跑，弄得满头大汗，这哪里是乘凉呢？

左邻右舍聚在一起乘凉，不时还传出阵阵欢笑。月亮升起来了，起风了，天气格外凉爽。这个时候，人们就叽里呱啦地开起"新闻发布会"了。那时，人们没有往日的烦躁，有的只是脸上淡淡的笑容，夜晚那一阵阵夹杂着植物香气的凉爽的晚风，使人哪还有白日烦躁的感觉，似乎被风吹走了，留下的只有精神上的愉悦。

石头凳子不够人坐了，好客的奶奶搬出家里的凳子。妇女们带着孩子，给孩子扇着麦秆扇子，既为孩子送来习习凉风，又为孩子驱赶蚊子。大多数男人只穿一条短裤，光着上身露出强壮的臂膀和胸肌。

　　这时，爷爷便在三五米外，选择上风口，点燃了早已备好的一捆晒干的艾草，也不让它燃出火焰来，不时地用它在周边来回烟熏，用来驱赶蚊虫。顿时一股淡淡艾香烟雾缓缓飘来，这也是奔忙劳作之后，邻里之间相聚相守最幸福的时刻。

　　似乎人们这样乘凉太过单调，夏虫唧唧，在树丛中弹奏着夜曲，却是"蝉噪林逾静，鸟鸣山更幽"。清风徐来，花影摇动，木叶沙沙。

　　月光西斜，旷野更加阒寂。暑热也在裹挟着花香的夜风中渐渐隐去。每到这时，大家便会轻轻地呼唤着好去睡觉了，因为第二天还要下地干活儿。乘凉的人们这才渐渐散去。

　　几年后，每到炎热夏季的夜晚，邻居家就把十二寸黑白电视机也搬到了天井里播放，热闹场面不亚于村里放电影。

　　改革开放以后，随着电风扇普及，发展到现在空调普遍，晚上在外乘凉的人已经很少了，麦秆扇也慢慢地淡出人们的视野，退出生活圈，成为古董。

　　而今回首，小时候夏夜里的乘凉，渐行渐远，终成心底一段刻骨的乡愁，这份曾经拥有过的乡村情趣已经成为生命中永恒的记忆。

那一方天井

每一间老宅都有一个恍若隔世的梦，它承载着悠久的往事。

在一座古老徽派四合院里，我凭窗望着那一方天井，它位于四合院上方的正中央，明亮敞开，不加遮掩。它好似从天空中凿下的一口井，方方正正，无穷深邃，自成一方天地，大有天井容天地之气。

江南地区，智慧的祖先修建了一种符合当地气候的独特的

老家四合院里的天井

建筑布局，即在四侧建筑的合围之处围合成一个漏斗型井口，曰"天井"。天井四水归堂，古时天井和"财禄"相关，讲究以财聚本，有汇聚四方之财之寓意，实用之处在于其采光、排水之用。

天井又似一个四合院里的大口径烟囱，飘出来的是人间的烟火气。它的存在，让屋檐下的一方烟火有通畅的出路。炊烟袅袅，草木灰的燃烧物从烟囱里蹿出来，瞬间烟消云散，镬灶里传出的饭菜香，通过窗户和天井飘出来，透露着这户人家美好生活的开始。

儿时的我常常坐在门槛上，望着那一方不大不小的天。我时常通过天井看天气，在下雨的天气里，听天井瓦檐口淅沥的雨滴声。天井里的雨滴声与外面的风雨声是不同的，外面的风雨声嘈杂、散乱，而天井里那房顶的瓦檐把那些散乱的雨丝收集起来，雨从容地跌落下来，嘀嘀嗒嗒地溅起一片濛濛的细碎的水珠，晨雾暮霭似的飞扬着。下大雨时哗啦啦地一来就是一大片，从天井瓦檐口瓢泼下来，四角形成了四条长长的瀑布，它们来得快也走得急，一声炸雷响过，外面的大雨骤然远去了，天井地沟里的积水还没有退去，高高的天井檐口瀑布还会再延续一段时间。

儿时的冬天特别寒冷，每当雨雪过后就会有太阳，母亲就会对我说"门口孵日头去"。早上的日头从东南面穿过天井斜照到我家门口，我坐在门槛上边孵日头边吃饭，被日头晒过的米饭总有一种暖暖的香味，阳光从西面墙壁一寸寸往右移，再射到天井正中的捣臼上，接着一寸寸从东面的墙壁上挪移，我们也跟着阳光一步步地挪移，直至阳光消失在邻家的瓦屋顶上。

每到晴朗的夜晚，我时常从天井里仰望星空，看那满天绚丽璀璨的星斗，在高高的天幕里，悬挂着一轮明月，仿佛是截取了一幅优美的图画，镶进了一只精美的相框里，别有一番风味，总带给人无尽的遐想。

炎热夏天夜晚，天井好似一台天然的空调，让人们享受着迎面的清风。由里往外形成了拔的自然吸力，加速了屋内空气向外对流，供人享受穿堂风的凉爽。坐在天井下于外可看天，于内可享美景和清凉。

严寒的冬季，待到屋顶上覆盖了厚厚一层白雪的时候，第二天早上醒来时，我听见天井瓦檐下嘀嘀嗒嗒的声音，以为是下雨了，其实是那些白雪被融化成亮晶晶的水，再凝结成冰柱，为天井上方的瓦檐口四方挂出了一道美丽的冰帘！

那时候，每家每户都要喂养几只鸡，为了区别出是谁家的鸡，各家在小鸡身上涂上了五颜六色的记号。晴天时，各家的鸡都放在天井里觅食，天井仿佛成了一个五彩缤纷的童话世界。刚出窝不久的鸡仔在鸡妈妈的带领下，常在天井里觅食嬉戏，突然天降暴雨，母鸡往往手足无措，只会"咕咕咕"叫个不停，小鸡们慌了神，在天井里狼狈地四处逃窜，悲伤地"叽叽"叫着，天井里的母鸡只好带着小鸡们躲在角落里避雨，主人马上会去把小鸡抓回家。

在每年春暖花开的日子里，燕子通过天井飞落下来，试图在我家屋檐下筑窝雏燕。刚开始它们还躲躲闪闪，小心戒备，到后来便无视我的存在。我看它们飞进飞出，听它们喳喳的叫声，望着它们扇动翅膀向着天空飞去，此时那方天井一如既往地充满着诱惑，我抬头望天，心中渴望自己也能像燕子那样长出一对翅膀，一跃而起，飞向外面的世界。

天井与马头墙、祠堂、弄堂等都是徽派四合院民居的基本构件，它们充分显示了徽派艺术构思的奇巧精湛、视觉效果的优美耐看、文化蕴涵的深沉独到。

多年后，老家的天井时常成了我梦里的惦念，在老房子修缮完工之际，我再一次坐井观天，望着如同一首悠远的歌，饱含沧桑又充满磁性的那一方天井，为那些一去不回的岁月感到无限的惆怅。

剃　头

　　小时候农村的小孩发型很简单，小孩子剃得最多的是"扎箕头"。扎箕是农家使用的竹编的农具，呈大半个椭圆形，一边开口，形如低沿簸箕。小孩的扎箕头就是头的前部和当中留有头发，两边和后头边缘都剃光的发型，形似一只扎箕，由此得名。

剃光头

鹿漫画
甲辰年

鹿画大师

还有一种发型叫"篮盖头"。篮盖就是农家过年拜年装斤头常用的竹编饭篮的盖子。我们把上面留有长发、四周剃光的发型称为"篮盖头"。我家对面的剃头师傅名叫良灿,大家都叫他"良灿头",他经常给我剃"篮盖头"发型。还有的小孩剃"板刷头",留短短的头发,看起来像洗衣服用的板刷一样。只有少数男孩留长头发,叫"西洋发"。

在那个物资匮乏的年代,剃头后洗头都用碱,碱在湿润的头上一抹,白色的泡泡马上出来,清水一冲就好了。小孩贪玩,头发经常被雨水淋湿,不讲究个人卫生,家中又没有洗头的习惯,因此十个农村小孩中九个小孩的头发里长有虱子,尤其是一些长头发的女孩子。那时候经常看见长辈戴着眼镜为小孩捉虱子,现在回想起来也是一种满满的幸福。当时由于生活条件限制,大家也没有很重视这些问题,只有一把专门去虱子的梳子,叫作"篦箕",这种梳子的齿之间距离特别小,能很方便地将虱子给耙出来,不过只是小范围!虱子这东西很容易传染,不管你怎么频繁地洗头,只要跟同学玩耍接触过,几天后它又会重新占领你的"制高点",有时候头皮发痒一抓,手指甲缝里都会卡进去一两只。

男孩子解决虱子的办法就是剃光头。父亲领着我到"良灿头"师傅那里,三下五除二把我剃成了光头,我当时感到十分好笑,也经常有大人来摸我的光头。可能是光头有许多方便,剃光头的小朋友越来越多,小朋友玩时光头班的总是站在一边。

后来发现光头还有更多方便,夏天我可以瞒着父母到池塘里去洗浴,上岸后用手一抹头,父母看不出出去洗浴的一点儿痕迹。其次是再也不怕头上长虱子了。我们村还有一个小朋友还说学校里有一位老师经常抓他的头发,后来他剃光头了,犯错误时再也不怕老师来抓头发了。

年轻时我没有再剃光头，而是养了一头好发，还长期保留着四六开的潇洒发型，得过许多人的羡慕。

可能是遗传的原因，人到中年后，我的白头发越来越多了。为了继续保持我的"良好形象"，我只能去染发，随着年龄的不断增长，染发的时间间隔越来越短了，我为了染发方便，忍痛割爱剪掉了四六开，理成平头，可是还是要染发。

可能是长期染发的缘故，我的身体出现了问题。为了自己的身体，我痛下决心今后再也不染发了，只是头上长满一头白发，看上去是个白发苍苍的老头，与实际年龄有点不符。有一次我带我的小孩去时代广场，一个店家老板问我带的这个小孩是孙女还是外孙女，我当时回答是女儿，他又说我肯定在这个女儿上面还有个大孩子，我感到很茫然。

于是我想到了另一个办法，那就是剃光头。

第二天下午，我直接到经常去的那家理发店，店主和我很熟，她热情地请我坐下，和平时一样准备给我理发。

这时我告诉她："今天剃个光头！"

她一听惊讶地说："你可想好了，你不适合剃光头，我劝你还是别剃了。"

她等我说话，我有点动摇了，但又一想这是为了自己的身体，我对她说："我坚决剃光。"

她说："行，想好了就给你剃，用推子推还是用刀子刮？"

我想刀子刮的感觉肯定更好，就说："还是用刀子刮吧！"

于是她先用热水反复给我洗头直到头发泡得很软，然后在我的头上抹了很多泡沫，我坐回椅子，她拿起了刀子在那片磨刀布上来回磨了几下，然后转过身给我剃头。一刀刮过去，一片头发落了地，露出了白白的头皮。我兴奋得不得了，随着他一刀刀刮去，我露出了白白光光的脑袋，摸摸自己的光头，那感觉真是太爽了！

从此我剃光头了，并且学会了用剃须刀自己剃，自己剃那又是另一种感觉！

没有头发遮盖，头皮的通风效果绝佳，这样身体就不容易发热，还有助于热量的外排与挥发，在炎炎夏日里既可以减少开空调、电扇的次数，延长家用电器的使用寿命，又能够节约一大笔电费，可谓最大化的双赢。头上一片亮光之后，洗澡的时候只需要往头上清水冲一下，就能够使头皮变得清洁无比，这样可以省下一大笔购买洗发水和染发的开支。不仅如此，由于没有头发，我在洗完头之后，用毛巾一擦就算完事，不再需要吹头发了。

剃成了光头，随之而来的好处不断：不用担心头发会满屋子乱掉，再也不用担心枕头和衣领被染黑了；晚上回家不用再带手电，因为光秃秃的头皮可以最大限度地反射光源，使眼前变得一片光明。

现在走在街上看见光头的人还挺多的，我再也不怕有人说了。那真是"春天一片春光，夏天清凉煞爽；秋天风吹不冷，冬天戴顶帽子"。

孵日头

"殿口孵日头去。"一到冬天,一声声邀约声时常回荡在山村村民的耳边。我们当地人把晒太阳叫作孵日头,冬日的太阳,晒得人们心里暖融融、心情喜洋洋。

每到冬天,村里老年协会门口热闹非凡,这里原是土地殿,新中国成立后改建成供销合作社,现在成了村里的老年协会,村民一直把此地叫殿口。它坐落于村子中心,坐北朝南,当年在改建供销合作社时在屋檐下修建了一条长长的水泥台阶,场地宽敞,门口对面是一个长方形的殿口塘,因此门前的阳光毫无遮挡,晒太阳时人们背风而坐,又有现成的凳子,绝对是村里孵日头的最佳位置。

只要是晴天出太阳,不需要谁来号令和动员,村里的人都会跑来聚在一起孵日头,水泥台阶上很快坐满了人。小孩子闲不住,待了一小会儿就开溜了;最有定力的是老人,在温暖的阳光下好似忘记了回家吃饭的时辰,他们有母鸡孵小鸡的耐心,一坐就是半天,一边晒太阳一边闲聊。这里是村里传播国际大事、国内新闻、村民趣闻最快的地方,从太阳升起到西下,人来人往,那温暖的孵日头场景至今还在延续着。

孵过日头的老人好像浑身充满了力量,走起路来也精神抖擞,傍晚临走时还恋恋不舍地说:"明天又是大日头,再来孵日头。"

晒太阳其实是太阳晒我们，冬天的太阳最为温暖，既没有春天阳光那样温柔，让百花为之动情；也没有夏日阳光的热烈，让人感到炎热；更没有秋天阳光那样忧郁，为美丽的枫叶凋零而感慨。只有冬天的阳光，像一位温柔的母亲，传递着温情，流淌着爱意，暖热了我们的身体，安抚着我们的心灵，让我们感受到母爱的温暖。

孵日头

儿时的冬天特别寒冷，每当雨雪过后就会有太阳，母亲就会对我说"门口孵日头去"。我家住在明清时期修建的四合院老房子里，上午的日头从东南面穿过天井斜照到我家门口，我坐在门槛上边孵日头边吃饭，被日头晒过的米饭总有一种暖暖的香味。

上小学时由于衣裳单薄，每个人肩上背着书包，手里还拎着一个火熜去上学，上课时，一个火熜顾不了手、顾不了脚，我们还是被冻得发抖，特别是双脚最怕冻，忍不住就会轻轻跺脚，以减轻寒冷带来的寒意。下课铃声一响，大家像出笼的小鸟一样飞奔到室外，利用课间好好活动一下。女生们喜欢跳房子、踢毽子，既有意思又能得到活动缓解身体寒冷，而男生们在操场上你追我赶。不喜欢活动的同学则排成一排倚在墙边晒太阳，想安安心心晒一会儿太阳，可很快就有人不安静地挤来挤去，最后大家你挤我也挤，越挤越来劲，不知不觉中上课铃又响了。

冬闲季节，大家在屋檐下享受着闲适的冬日，阳光慷慨普照，这样的生活图景温暖而美好。孵日头就像母鸡孵小鸡那样耐心温和，孵出了生活的姿态，孵出了生活的精彩，阳光灿烂了，心情也就灿烂，生活也明媚起来了。

据说今年冬天可能出现拉尼娜现象（也称为反厄尔尼诺），气温偏低，特别是江南地区的冬天更是湿冷，我们更应该享受太阳下这种温暖幸福的时光，尤其在阳光富足的日子里，走出空调房，远离电脑和手机，走进阳光里，更有一种别样的舒坦。

休闲时刻，我躺在阳台上的靠背椅上晒着太阳，尽情享受阳光的温暖，一股股暖流通往周身，感到无比舒适。

鸡叫的时辰真不准

上小学时，语文课本中《半夜鸡叫》讲述了地主"周扒皮"为了让长工们能帮他多干些活，半夜三更起来学鸡叫让长工起床劳动。因为以前没有便捷的计时工具，长工们是从鸡叫起床开工，日落则收工，周扒皮半夜鸡叫，使得那些长工们提早起床为他披星戴月地劳作。长工们恨死这个"周扒皮"了，最后忍无可忍，还是小长工小宝献计教训了"周扒皮"一顿。

我也是从小听着鸡叫声醒来，听着鸡叫声中长大，也许这已经以一种穿透时空的力量把鸣叫声嵌在了我的脑海中，伴随着我

成长。我情不自禁地想起鸡叫的时辰真不准的那些往事。

小时候我家每年都会饲养几只鸡，每天早上都能听到那几只公鸡的喔喔叫声，久而久之就形成了一个生物钟：我每天总是在朦朦胧胧的鸡叫声中醒来一次，然后又睡个两三个小时便起床上学。

那时我还以为家中饲养公鸡是专门用来叫醒的，后来才明白公鸡打鸣其实并不是为了叫人起床，更不是单纯地为了人类服务，只不过在那个时代，人类手边没有准确地计算时间的工具，就利用公鸡的叫声来计算时辰。就像鸟类都有清晨和傍晚鸣叫的生活习性那样，公鸡的叫声装点了大自然，给人类带来了幸福和快乐，雄鸡一唱天下白，久而久之，古人发现了这个规律，就把公鸡打鸣作为起床劳作或学习的时间。

公鸡在夜里要叫三遍。第一遍在子夜时分，这是最浩大的一次鸡叫，每只公鸡都会叫，而且声音响亮，余音悠长。第二遍在丑时，声音不像第一遍鸡叫那样整齐，有的鸡在叫，有的鸡不叫。第三遍在天亮卯时，这时人们已经早早起来，不太注意谁家的公鸡在叫，谁家的鸡不叫，俗云："鸡叫三遍天下白。"

20 世纪 70 年代中期，一般的农村家庭都没有钟表，计时的方法无非是白天看日头，早晚听广播。我早上起床除了听广播里《东方红》的晨曲，有时还得靠鸡叫，因为遇上停电的日子广播就不响，那就会耽误我上学，这时公鸡的叫声就起到了很大的作用，真应该为那个年代而感谢公鸡，也应该为公鸡而感谢那个年代。

多少次我在梦中被父母亲叫醒，"该起床了，鸡已经叫三遍了。"然后听到的是窸窸窣窣的父亲摸火柴的声音，紧接着就是火光一闪，而后就是惺忪的睡眼中那昏暗的煤油灯的火苗。在我的眼睛即将睁开之际，我家中的大公鸡便扯开了嗓子发出了"喔喔笛——"的声音，接着村里此起彼伏地响起了一阵阵鸡叫声。

我小时候很贪睡，如果等睡到自然醒，上学肯定要迟到，那就要受到老师的批评，也可能会罚站，所以总是想着要早点起床不迟到。因此我常常是很早醒来就不敢再睡了，坐在床上听鸡叫等天亮。

大多数时候，听鸡叫来判断时间还是比较准确的，能够和钟表相媲美，可有时却不是如此。倘遇到不准的时候，父亲总是说："今天鸡叫早了。"因此，鸡叫的时辰真不准。

我家离村里的小学比较近，因此一般不会迟到，反而是最早到学校的学生之一。有一个冬天的早上，我睡着了没有听到鸡叫声，父亲叫醒我，说公鸡已经叫了三遍了。七八岁的孩子正是贪睡的年龄，我从朦朦胧胧中醒来，立马洗脸，因为老师把每天开关教室的门这个光荣的任务交给了我，如果不及时开门同学们要等在教室门口。虽然只有几百米路，可是天还是一片漆黑，我拿着家中唯一的一个手电筒用来照明。走到学校后教室门口还是空无一人，我自觉还是读书吧！可是读了很久还是没有人来。不知是我的读书声还是教室里的灯光吵醒了一位住在学校里的老师，老师告诉我说："你来得太早了，现在还只有四点多钟"，我心中骂道：都是该死的公鸡叫早了。

在村里上完小学，初中就要到八里路之外的中学去上了。我们一般星期日下午回学校住校，星期三傍晚可以请假回家拿菜，星期四早上要赶回学校上课，所以我常常也是很早醒来就不敢再睡了，坐在床上听鸡叫，等天亮。

记得一个早上，一觉醒来听到鸡叫的声音，我马上意识到：坏了，要迟到了。急忙穿衣登鞋，拿起米、菜就向外跑。从家里到学校要走一个多小时，虽然是一条弯弯曲曲的简易公路，但是在半明半暗的晨昏下，我还是小心翼翼地走着。我记得路两旁的山上有坟地，风吹草动时好像有影子在闪动，眼睛不敢看两旁，只顾专心走路，偶尔还听到猫头鹰的叫声，特别吓人。

经过邻村时响起一片狗叫声，那些狗叫得很凶、会追人，指不定什么就对人下口，于是我想起奶奶时常告诉我的：碰到狗在追你时，你可以蹲下来假装捡石头然后扔它，狗肯定会吓跑的。这样蹲蹲走走过了三个村庄才走到学校，好几次走到学校时同学们还没有起床，而那时我除了啜泣声说得最多的就是骂"该死的鸡，叫得那么早"。

父亲经常要把葛根粉拿到诸暨草塔市去卖，因为要走二十几里山路，他早上很早就出发，听广播里的《东方红》晨曲肯定是来不及的，那只能靠听鸡叫声来大体估算时间。鸡叫二遍后父亲出发了，有好几次父亲赶到草塔集市时天还没有亮，只好守在集市的路旁等天亮，骂道："该死的公鸡，叫得那么早。"

其实公鸡打鸣的时间会随着一年四季昼夜长短的变化而变化，它和其他动物一样也会有反常的时候，有时候不到半夜就开叫，有时候白天也会叫。可是在没有任何计时工具的年代，除了用这些土办法，还能有什么更好的办法呢？

岁月在不经意间流逝，随着现代科学技术的发展，现代人都普遍使用手机的闹铃来唤醒自己，靠公鸡打鸣来计时的年代已经一去不复返了。可是那些伴着鸡叫声早起的往事，总让我难以忘怀。

第一次进县城

对于一个从小生长在农村的孩子来说，农村就是他的宽阔天地。从村东头到村西头、从山上到山下，偌大的田野、悠长的山路、看不到尽头的大山……小时候的我从未想过哪一天会走出这片天地。

我出生在离县城四十多公里的小山村，父母每天脸朝黄土背朝天，有些同龄人或许经常随父母到县城闲逛，而我十四岁之前从未去过县城。在交通不便、城乡差别大的年代，县城在农村孩子眼里是个充满了好奇和期待的地方。

在20世纪80年代初，为了庆祝改革开放，浦江县文化馆举行了春节民俗活动，乡政府工作人员找到我爷爷，请爷爷代表我们乡做几盏灯去参展。爷爷做了一盏宫灯和一个猴子灯，做好灯后在寒假的一天叫我和叔叔送到县文化馆。

往我们村的班车通车没几年，一天只有两趟车，经过了两个多小时的颠簸，我和叔叔终于下了车。初来县城，我像刘姥姥进大观园，一切都是那么陌生，不巧又遇上"天在刮风，天在下雨，天上没太阳"的天气，见车站门口摆着数不清的瓜果摊，摊贩的叫卖声喊个不停。我迷了方向，分不清东南西北，只能随着叔叔一路前行，手里还拿着猴子灯。本来我想，爷爷做的那盏宫灯点上蜡烛后会旋转，猴子灯全身会动，一路走来猴子的眼睛、嘴巴、尾巴都会动，两只手在舞动棍子，栩栩如生，可以让路人羡慕一下，可是出于天气原因，灯外面包着一层塑料布，不识庐山真面目，根本没有行人注意到我们。

20世纪80年代初的浦江县城的规模比不上现在的乡镇规模，像样的街道就只有两条呈"十字形"的街道，那就是人民路和和平路。走在宽广的水泥路上，看到人群熙熙攘攘，我发现了县城与农村的许多不同。首先是城里的人比农村多，一个个穿着新衣服像走亲戚似的，空着手来来回回地走，既不拿镰刀，也不扛锄头。

下车后，首先映入我眼帘的是车站对面的一所县里知名学府：浦江中学。当时我想，如果以后能到这里来读书的话就好了，遗憾的是我读书不好，与它终身无缘，只能擦肩而过。

沿街而上，我看见了县人民政府白底红字的牌子，叔叔告诉我，说县长就在这里边。我就使劲儿抬头看，不断有干部样子的人在那个大门里出出进进，就觉得人家真了不起。

再往前，走过百货公司时，我一定要进去看看，这可是县里最大的商店，在农村要是买点什么东西只能到村里的合作社（小店），要是想买更多更好的东西就要走很多路到集市上去，而离我家最近的集，也得走十里路到中余供销社，一个来回就得走两个多小时，我父亲到诸暨草塔镇赶集单是走路的时间要花五个多小时。商店里的商品看得我眼花缭乱，站在每个柜台前我都会发呆、发愣，只有羡慕和嫉妒。

过了人民路后向右拐进和平路，都叫它"大街"，可能是这条街是县城最大的街吧！"大街"两旁都是商铺，这条路很长，走不到头，也看不到头。县城里有广播正在播放我最喜欢的王洁实和谢莉斯的歌曲，人在街上走，喇叭在头顶上响着，一会儿说，一会儿唱，这样边走边听真令人觉得开心、幸福。

路上自行车的"丁零零""丁零零"响声不断。再向远处望去，偶尔还有几辆吉普车经过。这么繁华的景象，在农村是看不到的，我只有在电影里见过，真不愧是县城啊！我心里感叹，到底是城里人，见多了，要是这汽车开到我们村里，就是灰尘再大些，屁股后边也会追逐一群看热闹的小孩。

不知走了多久，我看到了一个很大的"明堂"，后来知道那叫作人民广场。叔叔告诉我到了，我们把灯交给文化馆工作人员，工作人员把车费和补贴一起给了我们，我非常高兴，终于可以到饭店去大饱一餐了，于是我们在文化馆对面一家小饭店坐了下来，每人花三角钱吃了一碗肉丝面（当时光面是一角三分）。第一次在城里下馆子，那个味道至今还久久回荡，无法形容。

吃完中饭后，我们走回塔山公园，每人花了五分钱的门票进入公园，第一次见到了龙德寺塔，在塔山公园游玩了好几个小时，因为要赶下午的汽车，才依依不舍地离去。

从那以后，我就觉得我也算是见过较大世面的人，为自己见过世面得意，也为农村的"土气"内心偷偷自卑，这种滋味城里人是永远无法体会得到的。开学后在学校里，我给小朋友吹嘘了好几番，说外面世界是那么精彩！

弹指一挥间，第一次进城至今已四十年有余，可是这段往事还历历在目、刻骨铭心……如今我已在城里生活多年，还到过比这个县城大得多的城市，这在当年想都没想过，做梦也不会梦到，不是不敢想而是压根就没有这种奢望，它离我太遥远了，自己竟还有一日也能过上这样的生活。

随着城市化进程和旧城改造步伐的不断加快，如今的县城规模也越来越大了，当年的学校、百货公司、汽车站、司令台等都已经不存在了，我再也找不回当年那碗肉丝面的味道，但对于第一次进城的记忆永远不会磨灭。

节日里的乡愁

第五辑

儿时的那桌年夜饭

我的童年是在 20 世纪 70 年代度过的，在那个物资匮乏、生活贫困、平时吃不饱穿不暖的年代，过年就是孩子们最高兴的时候。小时候，寒假作业还没写完，小伙伴们就开始掰着指头数日子，一遍又一遍地翻着日历，追问还有几天过年了。小时候盼着过年是因为有新衣服，有压岁钱，还有许多好吃的东西。

年三十那天早上，父亲一大早先挑满一缸水，然后就把家中所有尿桶全部挑到菜地里浇菜，再到大池塘里洗干净，这个习惯是祖辈留传下来的，预示着辞旧迎新、喜气圆满、年年有余。

母亲开始为年夜饭准备着，其实当时的年夜饭很简单，也没有什么菜肴，但是必不可少的是肉、鱼和豆腐。

我们村里有个水库，到过年前几天才开始抓鱼，由于没有饲养，一年下来鱼还是很小，我们叫作"清水鱼"。前几年的漏网之鱼会大一些，大队按人头分给我们生产队，生产队按人头分给我们。

记不清有多少年，我家杀年猪后，几乎把整头猪的猪肉拿到收购站去收购，为的是多换点钱补贴家用、抓小猪仔，因此过年时剩下的往往只有几斤二头肉。

那时候黄豆产量不高，又白又嫩的豆腐是仅次于肉食的奢侈品，更是年夜餐桌上的大菜，必须早早准备。藏在楼上老酒瓶里仅有的那点黄豆，肯定是要留到过年的。儿时的我就是这样，盼着一年又一年的过年豆腐，盼着豆腐润养的幼小的身躯"茁壮成长"。一般人家腊月二十几就开始准备做豆腐了。

有肉、有鱼、有豆腐，再加上自家种的青菜、萝卜，以及自家腌制的松菜，这一晚的菜式，是全年最好吃、最丰盛的，大人们尽力争取平日里难得的食材，在年夜饭桌上呈现一番。

在吃年夜饭之前，我家还有一个习惯，就是先喝粥。下午三点钟左右，母亲就烧好了粥，要求我们每人喝一碗粥。这个习俗我家一直延续了好几年。

锅灶旁的肉香味，不时地飘了出来，我就偷偷摸摸地溜了进去，趁母亲不注意，便偷吃一块。其实母亲早就发现我偷吃了，只装作没看见罢了。

父亲放完几个二响火炮后就关上门，要吃年夜饭了。看着饭桌上的菜，闻着浓浓的肉香，口水真的就流了出来，我迫不及待地夹起一大块肉就放到嘴里，那是当时世界上最好吃的东西。在这之后，我努力地去消灭这最好吃的肉，直到没剩几块的时候，才发现父母根本就没吃一块肉，我也不好意思起来，换了别的菜继续兴高采烈地吃着。

对于小孩子来说，年夜饭的美味无关厨艺，更多的是一年到头只有这个年夜饭可以把白米饭吃饱，可以把鱼肉吃过瘾，可以有新衣服穿。这就是过年的滋味。

吃完年夜饭，父亲手拿一张草纸，走到我前面，在我的嘴巴上擦了一下。当年我还以为这是一种习俗，原来是在年三十怕小孩要胡乱说一些不吉利的话。

随后母亲会把之前给我们做好的新衣服找了出来给我们穿，并再三嘱咐不能弄脏，不然到外婆家拜年时就没有衣服穿了。我穿着比自己身板大一号的衣服开始到爷爷奶奶那里去拜年，收到长辈红包我就紧紧地攥在手里面，生怕母亲给抢了去，可是到最后，红包里的钱，总会被父母拿去，说读书时要缴学费用的，不过这对我来说，也是很高兴的事了，然后屁颠屁颠出去玩了。

时代变迁，随着生活水平的不断提高，年夜饭越来越丰富了。对于年夜饭，那可是儿时就"种"下的期待，小时候年夜饭的味道，长大成了一种回忆。现在的年夜饭不仅仅在于吃喝，更在于饮食的气氛与情感，一家人团聚而已，而这个才是年夜饭真实的意义所在。

儿时的守岁

所谓"守岁"即"终夜不眠，以待天明"。新年守岁是一种风俗，也是一种文化，既对即将逝去的岁月含惜别留恋之情，又对即将米临的新年寄以美好希望之意。

小时候我经常问父母什么时候过年，到了上学年龄，开始掰着手指数还有几天过年。猴急如我的小孩们都知道，过年就意味着可以享受舌尖上的美味，可以穿上漂亮的新衣裳，手中点着噼里啪啦响的小鞭炮，兜里藏着只能捂一夜的几角压岁钱，最盼望的是还可以守岁。

一年中最兴奋的时候，就是年三十的晚上了。吃完年夜饭，为了防止小孩子说一些不太吉利的话，家中的长辈会手拿一张草纸在小孩子的嘴巴擦一下，并说道："童言无忌。"随后，长辈拿着半页红纸包着的压岁钱发给孩子们。

母亲收拾好刚吃完年夜饭的桌子，开始摆放瓜果和糖果，寓意一年更比一年好。尽管我家每年的日子过得十分清苦，但父母总是对来年充满无尽希望。

随后母亲从楼上柜子里拿出新衣服给我穿，发现衣服要比我的身材大几号，母亲脸上露出了笑容，说："穿到明年会刚刚好。"穿上新衣服，我手里拎着一个火熜，兜里藏着洋火枪，迫不及待地跑到门口，发现男女老少都穿红着绿，尽带笑颜。小孩们开始放小鞭炮，用火熜引火特别方便，偶有顽皮的小孩会趁着大人不注意，置一鞭炮于人脚下点燃，"砰"的一声，吓人一大跳。被吓者亦不恼，只亲切地说一声"马头鬼"罢了。

除夕夜家中所有的地方都要亮着灯，即使猪栏里没装电灯，也要去点一根红蜡烛。我感到奇怪，父母平时省着用的电灯，今晚为何显得大方至极？此刻，无论推开谁家的门，均是一家人围着八仙桌，桌上摆满了各类吃食，且吃、且谈、且乐，那其乐融融的氛围，让人感受到生活是如此美好，而且在今夜各家显得特别客气，总会叫我们拿东西去吃。

玩着玩着在不知不觉中我感到肚子饿了，火熜也没有火了，就跑回家，这时父母要求我不要出去了，说是要在家中守岁。全家守到零点时，父亲就会起身去点燃二响鞭炮，噼啪的鞭炮声响起来了，此时只听见村里东家放了西家放，真是此起彼伏。小山村笼罩在一片噼啪声中，一声声爆竹声那是对美好生活的渴望！宁静的乡村一片欢腾。

一家人吃完夜宵，我本想坚持守岁到天亮，守着守着，什么时候睡着了也不知道，嘴里还喃喃着压岁钱，第二天早上，就发现自己躺在床上。

时代在发展，社会在进步，如今除夕夜守岁的内容和形式已经发生了巨大变化，但守岁的风俗还在流传，守岁的文化还在传承。除夕，全家团聚，网络、春晚成了亿万华人除夕守岁的一道精神大餐、一场欢乐盛宴，也为守岁注入了时代的风采，增添了崭新的内容。

守岁守住的是一年的美好乃至一生的美满；守住的是有父母过年的日子；守住的是有限的岁月赋予我们无限的意义，除夕守岁时那份温馨与幸福，被我永远守在了记忆深处。

掸蓬尘过年

儿时的年味从掸蓬尘开始，每年腊月廿四，母亲会提早叫我们起床，说"今天要掸蓬尘了"，听后我欣喜若狂起来，因为这代表带给我们无限欢乐的新年快要来临了！

掸蓬尘其实是一次彻底的大扫除，从房顶沿墙壁、墙角、楼板乃至灶台烟囱，角角落落都要彻底打扫一遍。掸蓬尘的风俗由来已久，据《吕氏春秋》记载，我国在尧舜时代就有过年之前掸蓬尘的风俗。按民间的说法：因"尘"与"陈"谐音，新春掸蓬尘有"除陈布新"的含义，其用意是要把一切"穷运""晦气"统统扫出门，这一习俗寄托着人们破旧立新的愿望和辞旧迎新的祈求。

掸蓬尘前，爷爷早已经准备好了掸蓬尘的必备工具，一个是"蓬尘帚"，一个是"通烟帚"。"蓬尘帚"是在一根长长的竹竿一头捆绑上一把竹丫丝，专门用来掸扫高处的灰尘；而"通烟帚"是在一个秤砣上绑上一根长长的绳子，绳子尾巴再绑上一捆稻草，是专门用来通烟囱的。

母亲开始用旧报纸、塑料布盖在镬灶、桌子等主要家具上面，一些不能盖住的东西干脆搬到门口。父亲全副武装好了，头戴草帽，身披蓑衣，身上穿戴的工具本来应该是雨天才穿的，此时用来防尘。

家中镴灶一年烧到头，烟囱里有时会喷出火光，爷爷说那是"着煤"，着煤时需要拿一碗清水放在镴灶菩萨门口。其实是烧了一年的柴火，焦灰积在烟道壁上，厚厚的一层，把出烟道堵上了，不利于出烟，因此需要通烟囱。

　　一直以来，食物都是在灶台上烧熟的，人们相信这是有一位"镴灶菩萨"在帮助我们，他管理着一家人的吃喝问题，所以在供奉"镴灶菩萨"的地方要贴上一副"上天呈好事，下界保平安"的对联，寄托人们的美好愿望。"镴灶菩萨"吃了一年的烟，受了一年的气，要给通一通，来年的日子也会顺顺气气。

　　父亲架起梯子，爬到高高的屋顶，然后把"通烟帚"的秤砣从烟囱里一点点地往下放。那秤砣因为沉，一下子就沿着烟道滑进了灰膛里。父亲最后把那个稻草结也塞进了烟道里，从灰膛里捣出秤砣，然后一点点地往外拉，直到见到稻草结出来为止。重复几次后，这时候，烟道里会随着稻草结落下一大把一大把的烟灰，偶尔还会掉下整大块的柴灰，感觉有种从耳朵里掏出耳屎那样的爽快。

　　通好烟囱后，父亲拿起那把长长的"蓬尘帚"开始掸蓬尘。由于我家居住的是明清时期建造的土木结构老房子，镴灶上的热气、镴孔里跑出的烟尘总会粘于蜘蛛丝网成为串串"蓬尘"。一年来，屋子里布满了不少尘埃，特别是屋顶、墙角落里挂着的一串串黏满灰尘的黑乎乎的蛛丝。

　　掸蓬尘的顺序必须是先上后下、先高后低，从屋顶到床底，从镴灶顶到门口，上上下下，里里外外，要将家里的每一个角落都打扫干净，似乎要把一年的晦气与不洁都扫出去，好干干净净地迎新年。父亲操纵着工具一下一下地来回掸着，不放过一个地方，蓬尘帚经过的地方"唰唰"作响，顿时让这些地方旧貌换新颜。

掸蓬尘还有个好处，一些遗失很久的东西，趁机也被找了出来。有一次我刚从供销社买了一只乒乓球，玩耍时，不小心滚落到某个角落，寻找了好久也没有找回，爷爷安慰我说："等过年掸蓬尘就会找到的。"因此通过掸蓬尘，我找到了平时弄掉的许多玩具和物品。

掸完蓬尘，一家人开始打扫地面卫生，擦洗厨房一切器皿，我们还把桌凳、碗筷拿到水塘尽情搓擦，随后还要把窗户上的旧皮纸撕掉，爷爷再贴上新的皮纸，窗明几净。

随后一家人一起把晒在外面的东西一件件地往里搬，打开电灯后，原来黑乎乎的屋子顿时变得干净明亮了，每一件晒过的衣物和家具都散发着一股暖暖的阳光的味道，溢满空气的每一个角落。

就这样，一个亮堂堂、喜洋洋的年就拉开了幸福的序幕。

杀年猪

农村有句古话："大人看种田、小孩看过年"。小时候，我在一年中最期盼的日子就是过年了，而最初感到年味的来临，就是杀年猪。

进入腊月，家中已经养了一年的猪一般都要选择好日子宰掉（称为杀年猪）。逢"六"或逢"亥"日不能杀猪，据说若在这些日子宰杀年猪，明年喂养的猪就长势不好，可能是逢六有六畜兴旺的寓意吧！

杀年猪之前，母亲早在前一天晚上就不给猪吃东西了，免得它肠胃里鼓胀胀的不好收拾，父亲事先要准备好杀猪专用的凳子、一口大豆腐桶，还准备烧两大锅开水，并提前请一两个人帮忙。母亲一夜没有安稳入眠，总是翻来覆去，仿佛有什么揪住自己的心似的，年年都如此。毕竟她从猪仔开始养起，每天都要与它说上一段话，猪也哼哼着，甩动短而粗的尾巴，仿佛在回答女主人的问题似的，一旦要杀它，母亲真的有点舍不得。

父母早早地烧好了两大锅水，此时早起的雄鸡拍打着翅膀，站在鸡舍外，高昂着头颅，涨红了脸颊，伸长着五彩的颈翎，张开嘴，喔喔喔地叫起来。这时候，就听见远处传来犬吠声，父亲说"来了来了"，原来是杀猪佬（我们当地叫作"杀猪屠王"）手拿杀猪物件的篮子，后面跟着一条大黄狗来了，所到之处顿时热闹开来，犬吠声不绝于耳。

有好几年杀年猪开始时我还在被窝里睡懒觉，一阵刺耳的猪叫声把我骤然惊醒。我愣了一下才反应过来，原来是当天要杀猪了！等我快速穿好衣服跑到楼下时，看见三四个人已经纵身跳进猪栏，一番手忙脚乱后，揪耳的揪耳，攥腿的攥腿，揪尾的揪尾，很快就吆喝着把一头猪拉到圈外。猪此刻也能感知大限来临，自然不肯乖乖就范，拼了命地嗷嗷嚎叫，憋足劲儿地往后坐着身子，四脚顿地，止步不前。无奈人多力量大，任它百般挣扎，最终还是被送上了案板。

大人们将猪按倒在杀猪凳子上，那头猪已经明显感觉到了危机，奋力做垂死的反抗。几个大人使出全身的力气，按腿的按腿，压头的压头，各个都被不停挣扎的大肥猪折腾得面红耳赤。杀猪匠提着明晃晃的长刀子，撸了撸早就卷起的袖口，对准猪的脖子就要下手了！

我不敢看，马上跑回家里面，用手使劲捂住耳朵，但是仍然阻挡不了猪那"喔咧咧、喔咧咧"的叫声，于是便探头探脑偷偷地往门口望去。

大家正合力将猪牢牢摁住，杀猪匠叫声"准备接猪血"，父亲便端着一个放了盐的盆子匆匆上前，杀猪匠手持杀猪刀在猪颈部找准穴位就是一捅，那猪顿时"喔咧咧、喔咧咧"地尖叫起来，不大一会儿，猪的嚎叫声越来越弱，随着两声轻微的哼哼，最终了无声息了。

杀猪时父亲是不准我看的，说什么看了以后读书要读不进去的。此间，我既害怕又好奇难耐，只得躲在门后面，一边用手捂着耳朵，一边用心留意着门外的动静，猪叫声刚一停止，我便箭一般地飞了出去。

这时猪圈里有声响不断地传出来，母亲双手压在胸前，不停地念诵着"妞、妞……"当惨烈的号叫声传来时，母亲点燃了一盏煤油灯，双手合十，嘴皮的张合越来越快，诵经声也越来越大，眼角溢出晶莹剔透的泪珠。

接下来就是刮毛了。杀猪佬叫父亲把烧开的两大锅水拎出来，并把它倒入大豆腐桶里面，然后杀猪佬和帮忙的人把整头猪轻轻地放入豆腐桶里面，可能水太烫了，杀猪佬又加了一些冷水。浸泡后，杀猪佬先揪去猪背上的鬃毛，然后拿一把刮子，把它全身的毛剃个干净，过后拖上宰凳割下猪头，再在门口的屋柱上钉一个挂钩，把猪挂了上去，开膛破肚，取出内脏，然后拆肠子一边忙活一边说笑。

慢工出细活，但凡经过他的手，油和肠子都能吃得十分放心。要是摊上毛手毛脚的杀猪佬，没准翻肠时一不小心就把肠子弄破，粪便哗啦啦流进肠油里，狼藉一片。也没准儿肠子翻得不干净，里面残留着一些粪便，吃起来自然臭烘烘，让人大倒胃口。

对于孩子们来说，最喜欢的杀猪环节莫过于吹猪泡泡了。所谓吹猪泡泡，就是杀猪佬用刀将猪的尿囊割出来，倒掉里面的尿液，用水洗了一下给孩子，孩子用一根细竹套上往里面吹气，然后用一根细绳子扎牢，当气球踢。除此之外，我还会要求父亲把猪毛给我，"鸡毛换糖"的时候我可以换把洋火枪玩玩。

杀猪佬基本把猪分解得差不多了，就会把猪脖子上的肉，也就是常说的二头肉（槽头肉）割一块下来，送到厨房做杀猪菜。这时候母亲就切肉下锅，不一会儿香味就四溢了。

许多人家是用年猪的猪头来谢年的，这是为了讨一个吉利。

农民们辛辛苦苦一年，把猪从小养到大，过年的时候这就代表了人们一年的收获，同时，人们也希望通过谢年让来年能顺顺利利、风调雨顺、国泰民安。猪头在供奉后就腌起来，等待来年再吃或者可以加入油豆腐焐冻。

记不清有多少年，我家杀年猪后，把整头猪的猪肉拿到收购站去换钱。有一年我家猪肉拿去收购连小标准都还不够，母亲只能忍痛割爱把猪油也凑进去了，勉强凑成小标准，才可以拿到四十五斤饲料票的奖励。

那些年农民没什么大的收入来源，家里猪差不多是一年的收入来源。每年杀猪时父母的脸上都露出了笑脸，母亲把烧好的猪血划成一块块像豆腐一样，我们把它叫作红豆腐，然后再加一片二头肉或一片猪肝送给邻居。猪油熬出来，放到楼上一个泥陶做的瓶里面保存起来，以后做饭烧菜的时候，一次只能刮一小勺猪油，因为那七八斤猪油全家人要吃上一年时间。

过年贴春联时，父亲也不忘在猪栏的墙壁上也请人写了一副对联：日日重千金，夜夜壮万两；横批：肥壮。

改革开放后农村实行了农业生产承包责任制，农村经济发生了翻天覆地的变化，家中饲养的猪也越来越肥大了，杀年猪后只要把两只后腿拿去收购，其他的肉都可以自己处理。后来几年收购站嫌腿太大了，干脆腿也不拿去收购了。

如今天天有猪肉买，杀猪过年的情况已经不多了，但是杀年猪是我心中永远抹不去的年味，更有那浓浓的乡愁，它已成为对过去岁月的一种追忆，成为纯朴感情的一种象征。

儿时的端午节

不知不觉又到了粽叶飘香的端午节，我似乎闻到了粽子的香味，味蕾大动，思维随动，心中掀起了感情的波澜，情不自禁地想起了儿时的端午节。

小时候，我非常喜欢过节，在节日来临之前，每天都在扳手指头数还有几天。之所以会这样，只因平时我们吃的都是粗菜淡饭，在物资匮乏的年代，只有在过节时才能吃得好，长辈们总会弄点好吃的给孩子们，端午节也不例外。

节午端的时儿

端午节来临前几天，奶奶就把保存在楼上瓶子里的赤豆、糯米拿出来查看一下，看看是否有虫蛀孔，如发现问题，就拿到阳光底下晒一晒。

　　包粽子的前一天，奶奶要把粽叶整理好。她将粽叶根部一头剪平，大叶子与小叶子分开，浸泡在水中清洗。由于没有钱买食料，包粽子的食材都是自家的，为了这个端午节，奶奶把这些食材早在去年就准备着了，因此粽子的品种只有白米粽、赤豆粽、灰汤粽。

　　白米粽不需要其他佐料，只需要浸泡透的糯米包粽子。赤豆粽子的话，要把赤豆用温水浸泡，糯米淘净沥干，包时糯米与赤豆搅拌均匀，米与豆的比例根据家庭成员的喜好，增加或减少配比。包灰汤粽时，奶奶在头一天用干燥的稻秆烧好了草木灰，然后用纱布过滤后的水用来浸泡糯米，这种粽子在炎热的夏天保存时间比较长，且还带有一股清香味。

　　我既兴奋又好奇，聚精会神地望着奶奶布满皱纹的双手，她的左手拿着摊开的粽叶，右手手指轻轻卷起粽叶成形，随即加入几勺糯米食材，装满后，用竹筷子在上面戳几下压实，再在上面加盖一片粽叶，用棕树叶撕成条状结成的绳子三绕两转把一只粽子包好了。

　　煮粽子是一项细工慢活。奶奶要把不同类型的粽子做好记号，便于挑选，然后整齐地盘在锅内，加入清水，先用旺火烧开，再用小火焖烧。煮烧的过程中，要时刻注意锅内的水，防止失水。

　　好不容易，我熬到了粽子煮熟的时候。一打开锅，一只只鲜香美味的粽子便展现在我的眼前，我迫不及待地拿起粽子，解开棕树叶做的细绳，把粽叶层层剥开，面对着冒着热气的粽子，恨不得"囫囵吞粽"。美美地闻着粽子,我差点"口水直流三千尺",迫不及待地用两根筷子插进粽子里面,不用沾白砂糖也吃得津津有味,吃完粽子也不忘用嘴巴和舌头舔光黏在粽叶上的糯米饭。

端午节时学校是不放假的,这天上午,我在学校里心不在焉,根本没有认真听课,满脑子都装着一份节日的兴奋和快乐,盼着早点下课。"当、当、当……"下课了,好不容易熬到中午放学了,大家都急匆匆地往家里赶,因为今天是端午节,家中备有好吃的东西。

为什么端午要吃粽子?长大后我读到了屈原的诗篇,了解了端午节的起源,脑海里便时常浮现这位诗人的高大形象。

同吃粽子一样,鸡蛋也是端午节的重要食品,民间相传吃蛋生心,因为蛋形如心,即认为吃了鸡蛋就能使心气精神不受亏损。端午节吃蛋一方面是为了图吉利,祈祷一年里身体健康,另一方面则是改善家中伙食。

小时候家里饲养了五六只母鸡,每天早上我都抢着到鸡窝里面去捡蛋,鸡蛋拿在手里还热乎乎的。我小心翼翼地把鸡蛋交给母亲,母亲把鸡蛋拿到楼上的瓶子里积存起来,过不了几天瓶子里就装满了鸡蛋。我知道这些鸡蛋我们自己舍不得吃,拿到村里的供销社可以卖八分钱一个,我上学的学费都是卖鸡蛋的钱交的,况且还有家中油盐茶醋的开支。这些鸡蛋就是我读书的希望,别看鸡蛋不是很多,平时我们是一个也舍不得吃的,只有在端午节的时候,我才可以奢侈地吃上两个鸡蛋。

端午节那天的早上,待我们吃完早饭后,母亲从锅灶边的汤罐里捞出两个鸡蛋给我,算是过端午节了。我兴奋不已,一时舍不得吃,就带到学校。到学校后惊喜地发现有很多小朋友也带着鸡蛋，有几次我们拿着鸡蛋相互碰撞，谁的鸡蛋先碰碎就先吃谁的。

1992年我在虞宅刚参加工作，在端午节那天早上，一位张村的学生张春生早早地等在我寝室门口，送来了满满的一袋粽子和茶叶蛋，至今还令我感动不已。

时过境迁，如今一想起儿时的端午节，我心里总是甜蜜蜜、美滋滋的。鸡蛋香出来的端午、粽叶飘出来的端午是一代人的记忆。现在生活条件好了，不但天天可以吃粽子和鸡蛋，还有绿豆糕和各式饮料，我却无法感受到小时候端午节带给我的那份快乐。如今这个传统节日已经延伸到家人团聚的餐桌上，我与家人过着传统节日，享受天伦之乐，品尝陈年佳酿。

往事漫忆：抓阄分鱼

　　20世纪六七十年代物资匮乏，农民辛勤劳动的果实生产队都按人头分配。丰年的余粮，集体地里收获的稻谷、番薯、小麦、稻秆、毛竹等，队长吆喝一声"分东西了"，那场面热闹非凡，各家各户都走出来领东西。

　　分配不是一件容易的事情。因为有的东西大小不均、有好有次，如鲜鱼有大有小，毛竹有长有短等。要把东西分得大家都没意见，乡村自有乡村的土办法，最能够让各家心理平衡的做法就是抓阄。

　　村里经常要抓阄分东西，因此队里摸索出一套独特有效的抓阄方法。每次分东西之前，会计先按照队里的人口设计好一个分配方案，然后会计手拿专用袋子，袋子里面的竹签就是顺序阄，在竹签上写有每户户主的名字，抓阄的任务由会计一个人完成，会计从口袋里摸出早已准备好的竹签，为了更加公平合理，先称好东西后再由会计报出户主的名字。人们已经习惯等待会计报上自己的名字。抓阄偶然性太大了，但是乡亲们习惯和喜欢这个办法，抓阄是乡村邻里农民的政治。许多年以来，生产队就笼罩在这样的抓阄的和谐之中，大家过着艰难、祥和又平静的日子。

　　农历十二月廿后在风和日丽的天气，正是捕鱼的大好日子，村里的水库可以捕鱼了，男女老少纷纷赶到水库边看热闹。水库里的水抽掉后，抓鱼人使用渔网等捕捞工具，捕捞上来很多鱼，都是长了好几年的胖头鱼与鲢鱼。它们在岸上无言地闹腾：有的甩动着尾巴；有的吐着泡泡；有的扭动着身体，矫健地上下蹦跳着、翻动着它们胖胖的脑袋上，鱼鳃和嘴巴一张一合地喘息着。

村里捕完鱼后难免有漏网之鱼，那些泥鳅本能地往塘泥里钻，几只小王八探头探脑，往日横行霸道的螃蟹早已吓得在滩涂上东逃西窜，几个捡鱼的年轻人不畏严寒立马提着竹篮将它们擒到篮中，溅起的泥点弄得满脸都是。

村里把捕上来的鱼分给各个生产队，然后生产队长命人挑回属于自己队里的鱼。

"分鱼喽！"晒谷场上生产队长的一声吆喝，人们群情激昂，男女老少蜂拥而至，往晒谷场而去。鱼是按人口分配的，好几年才分一次，虽然不多，但分鱼往往为过年的到来拉开了序幕。

消息灵通的村民，已先候在晒谷场上了。晒谷场早已被等候的人们打扫得干干净净，才一会儿，偌大的场地就人头攒动，人声鼎沸，最兴奋的当数孩子们，我们欢呼雀跃着。这时候忽闪忽闪的片片鱼鳞在阳光下，如同穿着银亮盔甲的一个个顽皮的孩子，将静静的晒谷场变幻出无数种花样，绘画成一个个神奇的图案。

晒谷场上人声鼎沸，"瞧，这条大草鱼足有五斤多"，"这两条肥鲢鱼要是能分给我家就好了"。围观的人闹嚷嚷的，一边观鱼一边议论纷纷，整个晒谷场嘈杂得仿佛节日里的街市。队长命人将鱼放平摊在地上，堆在地上的鱼儿有的还在挣扎，"啪"一条鲫鱼飞出鱼堆，蹦出去老远，一个村民眼疾手快一下抓住鲫鱼放回原来的鱼堆，队长吆喝一声："抓阄分鱼了。"

鱼儿已被摆放在地，几个村民仅凭眼力将大小不等的鱼混搭好、排列好，尽量做到公平合理。按顺序，凭运气，称好重量，仍然由会计抓阄报户名，村民拿走属于自己的那一份，这场盛典就算落幕了。

这时候村民往往心情千差万别，有人庆幸，有人懊恼。分到好鱼的自然欣喜若狂，分到相对较小的鱼的村民虽然不悦但无话可说，一般也不会提出异议，对他们来说，公开、公平比公正更能够安慰自己的心，即使吃亏了，那也是自己运气不好，他们在抓阄中能够求得心理的平衡。

已分到鱼的村民久久不想离去，大多还留在晒谷场看热闹，难得如此聚众高兴，岂可轻易退场？此时也是村里池塘最热闹的时刻，各家都在池塘里杀鱼，顿时鱼腥味飘满整个小山村，呈现一股浓浓的年味。

时光流转，随着生活条件的改善，农村集体养鱼抓阄分鱼的情景已经很难看到了，但抓阄分鱼对我来说已经成为一个过年的符号。那段记忆让人回味无穷，那不仅体现了淳朴民风，更是一种乡土文化的传承。

大红灯笼高高挂

　　年少不觉家乡好，年老方知乡愁长。我有一间深爱的老房子，它坐落在一座古老徽派四合院里，虽然面积狭小而且简陋，但承载着我无数美好的回忆。

　　春节临近，家家户户的门口都挂起红灯笼，贴上大红的春联。夜幕降临，红灯笼闪烁的灯光照亮了整条长长的弄堂，像一条银河从天而降，不但增添了许多的年味，更是以喜庆吉祥的气氛预示着国泰民安。

　　每当这时，我总会情不自禁地想起儿时高高挂在家门口的那盏红灯笼，想起那段无忧无虑的时光。红灯笼的光亮始终在我心中闪烁，无论我身在何处，那盏红灯笼总能指引我找到回家的路。

　　在我小时候，家里的红灯笼是爷爷自己做的。爷爷先到毛竹山上砍竹子，再将竹子破开进行加工处理，刨去竹面粗糙的表皮，裁取所需的长度，再编织成大小不一的几个圆形竹圈，然后把这些竹圈捆扎起来。爷爷虽然没有学过篾匠，但是他剥竹篾的技术不比篾匠差，只是速度上慢点而已。接下来就要糊灯笼，爷爷先把稀释的糨糊均匀地平刷在灯架表面，然后在骨架上先糊一层很薄的皮纸，再糊上红色的皱纹纸，安装好挂件就大功告成。

　　每年春节前夕，村里请爷爷帮忙做灯笼、糊灯笼的人很多，特别是改革开放后村里迎灯的那几年。在爷爷忙得不可开交的时候，我也经常帮爷爷上糊糊纸。爷爷年纪大了，手脚不灵便，眼睛也老花了，但面对村民的需求，他从不拒绝，有时还会熬夜赶制，手脚冻僵了就烘一会儿，眼睛看不清就去配一副更深的老花镜，有几次削竹篾削到手，出血了，他就随便包扎一下。"这么大年纪，做蚀本生意就算了，还不注意自己身体！"面对奶奶带着心疼的抱怨，他不以为然："都是邻居，请我帮点小忙，难道我不帮忙？"

除夕，我家的大红灯笼高高挂在门口，吃完年夜饭，我最喜欢的是点亮红灯笼里面的蜡烛。夜幕降临，那红灯笼便被点亮了，照亮了四合院，也照亮了我内心深处的角落。浓郁的年味弥漫开来，处处洋溢着温馨与吉祥的气氛。此时，村里响起此起彼伏的鞭炮声……

第二天醒来，小村子一夜之间仿佛变了个样，穿着新衣裳的人们脸上都露出灿烂的笑容，门口是高高挂起的红灯笼，地上是火红的鞭炮碎屑，还有家家户户门口贴的红春联，这些变化都见证了新年辞旧迎新的新气象。

我家门口的红灯笼会一直挂到正月十五，正月十六以后，爷爷就把灯笼取下来，把灯架保存好，以备来年重新糊红纸再挂。后来许多人家都挂市场上买的红灯笼，不需要点蜡烛了，里面可以挂个电灯泡，而我家还是一直挂爷爷做的点蜡烛的红灯笼。

时过境迁，自从家中的老人走了以后，老房子一直没有人住，我已有多年不回老家过年了。自从去年老房子修缮完工后，我开始带家人隔三岔五地回老家住几天，给房子开窗透透风，与乡邻聊聊天。在新年来临之际，我买了几盏红灯笼，再一次高挂在老家门口，并一起挂上一块"厚德载物"的木匾。

当我看到家门口的大红灯笼高高挂时，一下子感觉年味到了，仿佛又回到了童年时代，看到了一家人幸福安康的美好生活。

　　红灯笼送走了旧的一年，又迎来新的一年，送走了寒气逼人的冬天，又迎来了鸟语花香的春天。我抬头仰望高高悬挂的红灯笼，总感觉那红灯笼不仅给人无限遐想和向往，还蕴藏着我对亲人无尽的思念。

故土校园觅乡愁

从黑板的变迁看教育的变化

岁月如歌，从我上小学到站上三尺讲台成为一名教师，转眼间已是四十多年了，在这突飞猛进的四十多年时间里，黑板伴随着无数孩子的成长，也伴随着我的人生。在此过程中我目睹了黑板颜色由黑变绿再变白的几次变迁，它像一本本不翻页的日历、一缕缕记忆、一条条不消失的日期，记录了时代发展的轨迹。

我小时候非常渴望拥有一块小小的黑板用来画画写字，但是因为条件有限，只能在墙壁上用木炭胡乱涂鸦。因此在我家的墙壁上到处留下了我的痕迹，同时也总是带来长辈们的责骂，我只能把这个小小愿望揣进兜儿，在不知不觉中就跨进了小学的门槛。

读小学一年级时，我是在祠堂改建的一间教室里上课的，那块黑板是用几块木板拼凑而成的，在木板上涂上墨汁，往木头架子上一摆，就当作黑板来用了。时间久了木板拼接处的裂缝越来越大，黑板也变得越来越不平整，老师有时候赶巧了一个字得写在缝两边。可就是这样的一块黑板能让刚上学的我惊叹不已了。

上课时，老师拿起粉笔在黑板上写字，这时，教室里很安静，我们只听到粉笔很有节奏地撞击黑板，像击鼓似的发出"咚咚咚"的声音，这声音在我听来是那么优美神奇而令人陶醉。

可能在那个年代粉笔比较珍贵，老师来上课时都自己带着粉笔，并把它放在一个木头做的小盒子里，名曰：粉笔盒，写不完的粉笔头也放入盒子里下课带走。

读小学四年级时，我们搬到了祠堂下面宽敞明亮的新教室里，我第一次看到了水泥做成的黑板。黑板是直接用水泥在墙上制成的，又平又结实，非常稳固，又没有裂缝，经久耐用，还几乎不占用教室空间。我当时觉得这已经是非常先进的教学设备了。

但是这种黑板会出现反光的现象，使用时间一长，便会出现裂纹，如同地形图上的河流分布，有的甚至还出现了一个个的小洞，露出原来的水泥底色。慢慢地，上面的油漆就会脱落得斑斑驳驳，老师写板书时不得不绕开这些脱了油漆的地方，否则学生看不清，就容易出错。但是黑板上方"好好学习，天天向上"这几个大字一直激励着我不断成长。

时间一天天在黑板沙沙的书写声中过去，粉笔一支又一支地在沙沙的书写声中变短、消失，我们头脑中的知识与思维一点儿一点儿地在沙沙的书写声中丰富起来。有一次临近期末，老师叫我在黑板上抄写题目，我在水泥黑板上弯弯扭扭地抄写了很长时间，还引来同学们的责怪，说哪个字看不清楚，字写得太差了，等等。在责怪声中我一直抄到下课，额头上早已布满了汗珠和粉笔灰。

1992 年，我怀揣梦想，站上三尺讲台，"一张嘴巴、一支粉笔"开始传授孔孟之道。我心中怀着一个执着的信念，那就是勤勤恳恳做园丁。班级黑板上边的班训也转变成一句励志语。

我上课喜欢板书，从黑板左边一直写到黑板右边，一节课下来在不知不觉中写了满满的一黑板板书，下课后值日生手拿黑板擦在黑板上一阵挥舞，然后用抹布在黑板上来回地擦，好一阵尘土飞扬。待他擦好黑板，值日生已是灰头土脸、两鬓斑白。擦完了的黑板仍然是模模糊糊的，没有办法只有将就着用，好在每班安排值日表，每天都有专门擦黑板值日生的。

有几次星期六的上午放学，等学生走完后，我会提上一桶水，把黑板洗上几遍，直到洗干净了为止，以备下周再用。每年一到暑假，学校总务处还得请油漆师傅给黑板重新刷上一遍黑漆。

有一年我任教初三年级的政治课，在县公开课上我搬来一台幻灯机，并在黑板上方挂了一块可以伸缩的白色幕布，我拿了几张塑料胶片，往机器上一放，被放大了好几倍的自己手写的文字就跃上屏幕。这块白幕就是使用幻灯机教学时专用的"黑板"。老师评课时说虽然我的这堂课上得不怎么样，但是已经应用了现代化教学装备。

2003年，学校从山区搬迁到了城区，新学校终于淘汰了全部的水泥黑板，统一安装了磁性墨绿颜色的黑板，老师板书更方便了，也显得十分气派，比木头黑板和水泥黑板强多了，它可以使粉笔在上面留下细小的粉尘，不容易反光，使学生容易在各个不同的角度看清楚上面的板书，学生再也不愁看不清黑板上老师写的字了，也有利于保护学生的视力。特别是我上课用到地理教学挂图时，只要用图钉小磁铁往上一贴，挂图就贴在黑板上了。有一次我上《我国的钢铁工业基地》公开课，我先在一块小黑板上画好了一张中国地图，然后用教学用的图钉小磁铁一个个把我国主要钢铁基地贴上去，效果非常好。

用上这种黑板后，我激动不已，在这种黑板上写粉笔字非常流利不费力。但是时间久了，黑板变形也会变得不平整，总有几处凸起的地方，甚至有几处断裂或者脱落一两层，结果还是影响了板书效果，影响了教学。而且这种黑板经不起硬东西的敲击。有些老师用教鞭或直尺三角板等在黑板上敲敲打打，时间长了，黑板上就出现了斑斑痕迹，破损相当严重。

当时学校只有一间多媒体教室，里面有一部多媒体教学设备和一块移动黑板，配备了磁性黑板、电脑，每到上教研活动课的时候，老师都喜欢到多媒体教室上课，我第一次用上了年轻老师帮我做的 PPT，感叹着从此可以彻底告别手绘幻灯片的教学生活。

如今，随着计算机技术的普及，多媒体教学都已进入城乡学校。运用多媒体教学，教师可以根据学生的实际及自己的教学意图来设置教学程序、制作教学课件。上课时，我只要在电脑前用鼠标轻轻点击课件，教学中所需的文字、图表、动画、影视片段等资料就可通过投影仪投影到现代化的"黑板"上。

现在，学校的各个教室已经全部更换了触摸式电子白板，黑板已经很少用到，老师上课用 PPT 投影，一个 U 盘、一支红外线笔，彻底结束了"一张嘴巴、一支粉笔"的教学年代。我在网上购买了一支遥控笔，走在教室的任何角落，只要轻轻一按，电脑和电子白板上会自动翻页，一支电子笔在白板上可做随意修改，可在重点词语画圈和划线上做记号，可遥控点击指示给学生注意，等等。在这样的电子白板上，老师可任意书写绘画，自由操作，清晰舒适，快捷方便。

现在互联网时代更先进的是可以进行线上展示，教师用手机上的软件与电子白板实现同步，随时可以将学生的作品进行展示，家校间远程教学也可以实现。这样的电子白板，能集文字、声音、图像、颜色等于一体，不光极大降低了教师的劳动强度，提高了教学效率，更能激发学生的学习兴趣，促进学生的全面发展。

　　我的成长见证了黑板的变迁，黑板的变迁印证了改革开放的成果。从黑板的变迁中，我深深地体会到教育的飞速发展，祖国的繁荣富强。从黑板的变迁中，我更加深刻地体会到这么一块小小的黑板，从黑色到绿色到白色的变化，它的每一次变迁，都记录着时代发展的轨迹，见证了改革开放的成果，展示了劳动人民的智慧。四十多年间，我切身感受到黑板的变迁给教育带来的巨大变化，我不知道以后的黑板还会不会叫"黑板"？但有一点可以肯定：明天，一定会更好！

儿时包书皮

又是一年开学季，看到许多同学到商店里买书皮，我睹物感慨，思绪万千，情不自禁地回想起儿时包书皮的情景。

上小学的时候，我最期盼的是开学时老师给我发新书。那时没有那么多科目，基本就是《语文》和《算术》这两科。每次发了新书，我先小心翼翼地把书翻看，闻一下那股油墨清香，然后看一看里面精美的插图，那散发着浓浓墨香、插图画面精美的课本，常让我爱不释手，兴奋不已。那股兴奋之情足以抵消被迫结

束假期的不悦与重新接受老师约束的惆怅。

领到新书后，我高高兴兴地回家，首先要求爷爷帮我包书皮。

那时候的书皮花样比较少，包书皮最好是用牛皮纸，我们也称作洋灰袋纸（包装水泥的用纸），包出来的书皮比较硬，经久耐用。可是我家找不到牛皮纸。再次是年画，它颜色鲜艳，包出来的书光洁挺括，如果能将年画上主要的图案包在封面的正中，就更是好看又经用了，但是年画只有到过年时才能替换下来，而且大都已经很陈旧了。最多的时候我们还是用旧报纸，这也是最差的书皮了，软绵绵的，报纸上全是黑乎乎的字，在上面写上钢笔字也常常分辨不清，而且包好的书皮也是松松垮垮的，时间不长就开始破了，然后书角就会发皱、起毛。但是在那个时候找一张报纸也不是一件容易的事，每年到这个时间，爷爷总会到生产队会计那里要两张旧报纸。

晚上，爷爷忙完了一天的劳作，我早早地守在桌子旁，眼盯着爷爷给我包书皮。虽然包书皮不是一项特别强的技术活，但是在自己幼小的心里，格外觉得神圣、严肃，充满仪式感。

经过爷爷的灵活手，一本本光亮的教科书仿佛穿上了一件件外套，犹如我们在搞卫生时在新衣外面罩上了一件干净的包衣。这样书是保护了，美却遮掩了，但我仍然高兴，因为此后任何时候剥掉书皮，封面大都还是完好无损的，尽管书里已经被我涂抹得乱七八糟。

包好书皮后，爷爷最后用毛笔在书皮外面给我写上书名、册数、学校、年级及我的姓名，仿佛这才算完成了入学的家庭仪式。

那时家里生活艰难，爷爷在给我包书皮的时候，可能也是他最开心的时刻，他把所有的期待、憧憬和梦想都寄托在这书里和我身上，将点点滴滴的爱寄托于此，厚爱于此，希望自己的子孙能通过读书来改变命运，摆脱家中贫困！

第二天在学校里，当小朋友看到我的书皮包得那么精美，书皮上书写工整的楷书是那么漂亮时羡慕极了。

尽管我的书皮包得很好，可过不了多久书皮照样破旧，一段时间后，我的书皮变得破烂不堪，但是我剥掉破旧的书皮，里面的封面还是完好如初。

当年爷爷一剪、一折、一包、一压的包书皮的情景让我铭记不忘，如今，孩子们包的书皮，既有传承也有发展，为书本多包上一层书皮，又多了几分承载与希望。

难忘的启蒙

时光飞逝如电，童年渐行渐远，已经成了遥远的梦，时光又似一条河流，那潺潺的流水带走了岁月，回想过去，仿佛就在昨天。

当年的农村山区物资匮乏、交通闭塞，人们日出而作、日落而息，过着安详静谧的生活，对于子女的教育没有过多的重视。我小时候没有学前教育，实行的是八岁入学教育制度，八岁那年父亲拉着我的小手走进了离我家不到两百米的村里的小学。由于我家离校很近，我当时受到了许多同学的羡慕。

在祠堂改建的一间教室里，我看到头顶上是木头"人字梁"顶着瓦片，几扇窗户上的塑料布被风吹得随风飘扬，一张课桌就是讲台，木头架子上摆放着一块木头黑板斜靠在墙上，黑板上方的墙上写着八个红色大字：好好学习，天天向上。

父亲为我缴了八毛钱的学费和杂费，听到还有个别困难家庭因缴不上学费，常常东挪西借，还有的家长在和老师商量学费要拖欠一段时间。

一年级只有《语文》《算术》两本课本和"生字本""算术本"两本作业本，当我从老师手里接过崭新的课本时，一股浓浓的书香味扑鼻而来，我把它小心翼翼地抱在怀里。回到家后，爷爷从生产队会计那里拿来了两张旧报纸，把我的新书包得很好，并在报纸外面写上我的名字和年级。

第二天我高高兴兴地背着书包上学去了，书包袋上绣着"好好学习，天天向上"八个字，这只用"洋布"缝制而成的旧书包是我们家的"传家之包"，它已经有两代人背过的历史了。

班上大多数同学虽然来自同一个大队，但是互相认识的并不多。班主任蒋玲球老师给我安排了座位，当时我由于营养不良身体比较矮小，直到后来一直坐在前排。教室里每两个学生挤一张桌子和一条凳子，有的凳子坐上就"吱吱扭扭"叫个不停。

校园里响起了"当当、当当、当当"的清脆的敲钟声，上课了，蒋老师教的第一节语文课我至今言犹在耳，她让我们翻开书本第一页，"中华人民共和国万岁"！我们不认识字，只是滥竽充数地跟着读，我感到特别有趣。第二节是算术课，蒋老师教我们认识十以内的数字。

那时候，学校里的教师许多是在本村的民办老师，他们的文化水平也不高，可能自己都没有学过"汉语拼音"，好多文字无法准确发音，更不用说用普通话教学了。

幸运的是，我的启蒙老师教学认真、治学严谨，是在当时的学校里为数不多的会讲普通话的老师，她讲课生动活泼，引导有方，把新知识讲得引人入胜，让学生们听得津津有味，眼也不眨地盯着她说话的嘴。直到现在，我都觉得她是我心目中的良师，她做人的原则、育人的艺术、对小学生的呵护，像甘露滋润着孩子们的心田，照亮了当年的学生们的心灵。直到今天，她仍然感召着我，一直还在照亮我的前行之路。

下课休息的十分钟里，虽然那时没有电子网络游戏，但我们依然玩得不亦乐乎，上课铃响了还意犹未尽。放学了，大家以最快的速度跑出校门，回到家，还要帮父母干活儿。父亲说得最多的一句话，"读书好还是干农活儿好?"我总是沉默以对，但心里想，干农活儿真累。

那时候，我们不用上辅导班、兴趣班、培训班，也不需要没完没了地刷题，周末和寒暑假自己可以自由支配时间；学校没有考试排名，同学们成绩的好坏，似乎并不太被老师看重；家长更无须绞尽脑汁为孩子择校，劳动忙碌一天的父母回到家干着自己的事情，用不着为我们检查作业、辅导功课、签名等一堆事而烦心。

从那一刻起，我开始接受五年制的小学教育，当第一次拿到奖状时我高兴地激动不已，拿回家后，爷爷把我的奖状张贴在墙上，这令我得到了不少邻居和亲戚的夸奖。小时候我感觉上学是一件轻松愉快的事，课程简单，作业很少，虽然所学知识有限，但是上学的乐趣让我感到幸福。

洋油灯下写作业

洋油灯也叫煤油灯（我们当地还叫作"亮"）。新中国成立前我国科技水平很低，煤油靠进口，因此当年习惯上把进口的商品都加上一个"洋"字，例如：洋肥皂、洋车、洋灰、洋钉、洋火等。现在洋油灯已经渐渐被人遗忘了，但在我心里难以忘记的是洋油灯下写作业的情景。洋油灯那束昏黄的光环时常像一只萤火虫飞进我的记忆，点亮一个个深藏在心底的旧梦。

20 世纪 70 年代，山区农村虽然通了电，我家有了唯一的家用电器——15W 的电灯泡，但是由于经常停电，夜晚照明还要靠洋油灯。在儿时的记忆中，那丝毫不起眼的洋油灯，真是光明的使者、黑暗的克星，更是驱散儿时恐惧心理的依仗和保护神。

我家的洋油灯都是爷爷制作的简易洋油灯。爷爷把用过的墨水瓶或药瓶洗干净，"鸡毛换糖"来了，花几分钱买一个白铁皮制作的灯芯管，再用棉绳做灯芯，在瓶内注入洋油即可。为了更加美观，使用更加方便，爷爷还在瓶子外面用一节竹子凿成一个带手柄的灯座，夜晚来临时用洋火"嚓"的一下，划出一道火线，凑近灯芯，新做的煤油灯便燃起一个橘红色火苗在夜间大放光明。

每天放学前老师布置了家庭作业，作业少时我可能在天还没有暗下来之前就完成了，作业多时只能在洋油灯下完成。为了充分利用洋油灯带来的光明，在我写作业时，父母也来凑着细光做些针线活儿、干一些其他活儿。光线虽然很暗淡，但很温馨，一家人聚在一起，使我体会不到孤独和惧怕。

临近期末，学校没有统一组织晚自习，但是要求我们每天在家里必须保证一个多小时的学习时间。为了节约凭票供应的洋油，我们同村同班的四五位同学成立了学习小组，大家可以一起围着桌子，共用一盏洋油灯。同学邻居家的房子比较宽敞，吃完晚饭后我们一起在她家写作业，有了洋油灯的陪伴，我们瞬间多了几分乐趣，在那盏洋油灯的照亮下，我开始了最初的"晚自习"。

在微弱的灯光下，我们时常看见洋油灯灯芯开灯花，灯火便一跳一跳，长辈曾经告诉我们这样会很耗洋油，我们赶紧用小木棒轻轻拨掉灯花，再用针尖把灯芯往上挑一挑，火苗便重新平静下来。有时我们借口灯花跳得晃眼，想趁机玩一会儿，有时还会偷偷在火熄里煨玉米、煨黄豆，满屋子的香味馋得我们都不想写作业了，这时长辈看见了就马上过来教训道："洋油也太可惜了，还不好好读书？"

有一次由于我的头发太靠近洋油灯火光了，直到头发烧焦了才发觉，回家后只好拿剪刀把烧焦的头发剪去一些，但看起来很不平整，第二天上学时同学们看见我额头上方有一撮被烧过的黄头发时，起了一阵阵笑声。

在洋油灯下，有时有长了绿翅膀的小虫子不知为何总是拼命朝灯火里扑，火苗细长的舌头烧掉了它那粉绿色的翅膀。此时，火头上响起了噼啪噼啪的动静，灯火像被加了油似的特别明亮，那时我刚好学到一个成语"飞蛾扑火"，终于明白了其中的道理。

不知不觉在洋油灯下我度过了小学，直到进入中学读书，第一次见到了明亮的日光灯，才彻底告别了在洋油灯下写作业的时光。

洋油灯虽然早已经离开了我们的生活，却将我人生最纯真的记忆留在那段童年时光里，照亮着我的每一个求学的夜晚。如今的夜晚在灿烂的灯光下，没有人会去思考一盏小小的洋油灯能够为这个世界带来什么，但那盏照亮了我童年的洋油灯，早已深深地铭刻在我的心灵深处。

做个平凡的追梦人

弹指一挥间，我从教已经匆匆三十载，岁月的斗转星移，默默谱写着季节的春华秋实。从曾经的年轻到如今的花甲之年，从曾经的意气风发到现在的白发苍苍，悠悠三十载，春风化雨，我将继续迈着坚实的步伐执着地向前，直到退休。

一

1992 年 8 月，我带着被褥来到了浦江县虞宅乡初级中学，我的教师路从此开始了。

这所学校位于虞宅村子里面，规模很小也很简陋，每个年级只有两个班级，全校只有六个班级、十六位教师，操场中间隔着围墙，另一半操场是属于小学的，做课间操时学生要排到厕所边上了。一开始我任教的科目比较多，有初一、初二两个年级的地理和生物，还担任了班主任工作，后来担任了初三政治主课和初三班主任工作，工作虽然繁重但生活还是过得很愉快和温馨。

在那七年的时间里，我和学生也建立了深厚的感情，教育教学经验也得到了积累。在工作中，我建立了无老师监考试场，和学生在红岩顶一起野营，难忘梧桐树下水泥桌上打乒乓，难忘壶源江畔的阵阵读书声，难忘虞宅十月十五过时节，难忘和学生同吃同住在学校……

随后通过自学考试和函授，我取得两个大专文凭（新闻专业和地理专业）和一个本科文凭（地理教学专业）。1999年由于教学成绩优良，特别是99届初三（2）班——我是班主任兼政治（社会）老师——一个班考上重点高中的学生达五人，作为农村山区学校来说这是破了历史纪录，随后我从当时任教的初中调入虞宅中学。

二

因工作需要，2000年8月我调入堂头中学。当时学校规模不大，但是名气很大，这所学校坚持童克祖校长"不求人人升学，但要个个成才"的办学宗旨，重视德育工作，取得了骄人的成绩。

来到堂头中学，会感受到浓烈的德育氛围，你会惊叹这里的墙壁会"说话"，这里的草木会"唱歌"。一进校门，迎面是一幅由不同颜色大理石镶嵌而成的中国地图，版图左下角写着金光闪闪的六个大字"祖国在我心中"。

堂头中学重视德育工作，不但有效地提高了学生的思想道德素质，也大大激发了学生的学习热情，促进了学校的教学工作，教育质量稳步提高。在全体老师的努力之下，当年的中考在生源没有优势（全部是本学区的生源）的情况下，九十多名考生中有九位同学考上了重点高中。我们在全县普通高中首次放开招生的情况下，取得了优异的教学成绩。

三

在我自己的要求下，2001年我再次调入虞宅中学，仍然教我的地理，同时还兼任学校政教处生活指导工作。当时在五所普通高中里，虞宅中学的生源最差，在我们政教处四位老师的管理下，虞宅中学的校风、学风得到了扭转，为整体搬迁县城打下了基础。

我自己认为我们是真诚关心和爱护学生的，不仅在思想上、学习上、生活上给予学生关心，而且将关心具体体现在实际行动上，尤其是对后进生，我们通过多渠道、多形式、多激励的办法做好他们的转化工作。

我和王发信老师经常在晚上开展巡夜工作，并整治了个别学生晚上爬出围墙去上网的行为、赌博行为、打架斗殴行为、早恋行为等。惭愧的是当年自己为学生服务得还不够，很多工作没有从细处入手，有些时候年轻气盛，恨铁不成钢，给学生会带来一些不愉快的行为，回想起来，心中难免有一些遗憾和歉意。

2003年秋季，学校高一年级提前在县城招生、学习，我作为首任年级组长，尽心尽力管理好学生。在大家共同的努力下，当年在我校比兄弟学校中考录取分数线低几十分的情况下，这届学生一炮打响，在高考中取得了非常优异的成绩，从此彻底改变了我校在招生工作中的位置排名。

2004年春季，学校整体搬迁到县城，学校改名为浦江县第三中学，在此期间，我家中出现了很多变故：2010年父亲中风瘫痪在床到离世时间长达两年之久；三年后我母亲被检查出严重的心脏病，生活无法自理，卧病到离世长达三年之久。当时我承担高三年级艰巨的教学任务，没有请过一天假，只能委托邻居照顾父母，利用晚上和节假日的时间去看他们。随后我自己由于长期劳累，喉部不适，利用暑假动了手术，第二个学期身体没有痊愈，也坚持照常上班。对于父母的赡养我没有做到尽心，这使我留下终身遗憾。但是这换来的是我所教的高中地理教育教学成绩位于全县前茅，政教处管理学生工作也得到了学生和家长的认可。

在此期间我最对不起的是2014年入学的高一（12）班的同学，现在想起来心中还隐隐作痛。

我本想带出一个全校示范班级直到毕业，当时班级不管在全校的三项竞赛还是其他学习任务中的表现都已经非常出色，我们的口号是"高一十二、独一无二"，所有任课老师都说到这个班上课简直是一种享受。到了第二个学期我这个班主任可以"遥控"指挥了，因为各个班干部分工明确、尽心尽责，班长张嘉铮同学可以帮助我管理一切班级事务了，遗憾的是在"五四"青年节前夕我没有和同学们一起唱完："一条大河波浪宽……"

看了于谦饰演的电影《老师·好》后，我的心久久不能平静，电影里的苗宛秋老师有太多的地方与我相似，对老师来说，看到学生有个好前途就是最幸福的事，至于别人如何评价我都无所谓，若干年后，只要学生回想起当年时，能说一句"这个老师还好的"，或者见到我能说一句"老师好"，就足够了！不知道是因为我年纪大了，还是触景生情，一不小心我在电视机前面哭了。

四

2015年下半年，我从高中调入小学，原档案管理员要退休了，领导要我接手这个工作，虽然年已五旬，可我还是二话没说，认真研究起繁重复杂的档案工作，学校档案室在五年时间里创建了浙江省二级档案室、浙江省规范化数字档案室、浙江省示范数字档案室。

2018 年 2 月，由北京燕山出版社出版了我的散文集《远去的年华》，在浦江东山公园、茜溪幽谷等地我举办了亲笔签名赠书活动，并把图书捐赠给四川金口河、浦江五中、浦江县职业技术学校和虞宅乡各个村的农家书屋，养元坑、三红、中央畈等村图书室，捐赠数达一千余册。

我捐书的目的是让我的书去充实乡村文化书屋，让乡村的孩子们能在书海中自在遨游，也能勉励年轻人，感受父辈的艰辛，珍惜现在的学习环境，努力学习科学文化知识，今后为家乡浦江发展做贡献。《浙江教育报》《浙江市场导报》《今日浦江》《诗画浦江》及浦江电视台、浙江新闻客户端等媒体对此进行了专门报道。

感谢一所学校把我的《远去的年华》一书列入了教师暑期读物，感谢一位高三语文教师把我的文章当作范文教学，感谢堂头中学把我的书作为励志读物奖励给学校最优秀的学子。

近几年来，我不断利用业余时间研究浦江的红色文化，在养元坑、三红、罗家源、上童山等村挖掘了许多红色故事。2019 年 10 月在浙江省人民大会堂召开的《难忘金萧》一书首发式上我作了《怎样做一个红色文化的传播者》的发言，今年我参与编辑的《风起金萧》一书，很快也要和大家见面了。我要利用休息时间不断挖掘和宣传革命先烈的英雄事迹，让更多的孩子铭记这段历史，珍惜当下来之不易的幸福生活，从小立志好好学习，长大后报效祖国。

前年，一位诸暨的朋友无意中说起下次要带人到浦江来游红色小山村和美丽乡村，谁知一下子在周末带来了两辆大巴车的客人，我当起了义务导游，做起义务讲解员，带领诸暨的党员、教师、村干部游美丽乡村、品浦江味道、忆红色金萧，诸暨的游客纷纷深深感叹：浦江真美！

借此机会，我要当好浦江形象的"代言人"，传播浦江声音，讲好浦江好故事。到目前为止，利用节假日，我已经接待了八辆大巴的客人，今后还会有更多的诸暨客人前来参观学习浦江的红色加绿色文化。

为了更好地磨炼和提升自己，我加入了中国散文协会会员、浙江省作家协会会员，并准备出版第二本、第三本散文集。

为了宣传浦江五水共治、美丽乡村的成就，在这几年里，我写了许多篇新闻稿，在《海外文摘》《散文选刊》《金华日报》《浙江散文》及学习强国、人民网等平台发表了五十余万字的散文，在这些作品中，从不同角度讴歌家乡的纯朴美好，挖掘农村历史乡土文化。

"强哥不但科学课上的幽默风趣，成绩优良，而且做人随和，工作严谨认真细致，给我校的科学课现代化教学带来了新鲜血液。"学校老师的评价令我感到很惭愧。

前年暑假期间，我不慎滑倒，腿部骨折，躺在医院病床上，全班四十五位学生给我写信，委托班主任把信送到我的病床上，纷纷祝愿我快点好起来为他们上课，其中一位平时不太认真读书的何同学在信中写道：老师，我以后一定认认真真听你的课了，再也不会不写你布置的作业了，你快回来吧！学生的这一举动令我十分感动，躺在医院的病床上，我看到那四十五封沉甸甸的信件，当时的心情千言万语道不尽，无以为报，只有好好教书育人。当时浦江新闻传媒曾经报道了此事，题目为《这是教师节收到的最好的礼物》。随后两个月不到，没有痊愈的我一瘸一拐地到校上课了。

五

我要以自己的所学之长呵护小苗的苗壮成长，有人说我从高中到小学是不是大材小用，而我认为这也是一种挑战！"我不在乎起点有多高，我只在乎终点有多远""没有花香，没有树高，我是一棵无人知道的小草……"我愿意做一棵默默无闻的小草，默默地奉献着。

我想：无论在哪个岗位，无论做什么工作，都要认认真真地去做。一生育苗不图日后乘凉，只愿千枝万叶成栋梁。

2020年，我被浦江县委、县政府授予"最美浦江人"的荣誉称号，心中感到自愧不如，大家都比我做得好，大家才是最美浦江人，这个称号鞭策我今后要更加努力。

人身机器已经运转了五十多年，我的身体状况每况愈下，不知还能走多远？时代在向前发展，观念在不断更新，因此我要在有限的生命时间范围内继续奋斗去实现自己的梦想，我决心做个有梦想、努力奋斗的人，"高山仰止，景行行止，虽不能至，心向往之。"心怀这份教育理想，我必须奋斗终生，做一个平凡的追梦人。

难忘学校敲钟声

"上课了，请同学们进教室……"每当听到学校广播传来悠扬舒缓的音乐声，看到教室外的学生跑进教室，老师按时出现在讲台上时，我的脑海中就会响起儿时的敲钟声。

儿时的学校"最高司令"就是挂在老师办公室门口的那一段铁轨，每次上下课看到老师手拿一个铁锤去敲那一段铁轨时就非常羡慕，我心想：要是给我敲，那该多好啊！"当当当……"当悠扬洪亮的钟声有序地敲响，室外的学生拥进教室，老师按时出

难忘学校敲钟声
小酒漫畫 甲辰年
鹿畫大師

现在讲台上，老师和同学相互问好的声音此起彼伏，学生们端坐，老师们倾注心血浇灌着智慧的种子，学子们沐浴着知识的阳光。

原来那一段铁轨不是乱敲的，不同的当当声代表着不同的事务。

由于听得久了，我已经熟悉了各种敲钟声分别代表什么。如：当钟声连续慢敲，意味着四十五分钟的课程结束了，老师携带教本走出教室，学生们便像纷飞的燕子冲出教室玩耍，即使短短十分钟也要美美地玩乐一番。

钟声紧凑地敲响，表示要集合队伍。钟声一响，同学们飞快地在教室门口排列队伍，然后整齐地跑到操场，此时喇叭里响起了"发展体育运动，增强人民体质，提高警惕，保卫祖国。现在开始做广播体操……"

不知这个节奏是谁设计的？我总是认为钟声在上课时，像一位非常温柔的母亲，提醒她的孩子们上课了，该好好收心专注听课。钟声在下课时所扮演的是一种诱惑声，引诱小朋友玩耍。放学时，钟声又像一位爱心妈妈，叮咛小朋友放学时间不能乱冲乱撞，走路要小心，家庭作业要带回家完成……

钟声是个善变的人。她提醒小朋友，她诱惑学生，她叮咛大家，我总是说不出真正喜欢她的原因，但是钟声已经成为我在学校里最忠实深交的朋友。在儿时上学过程中，也是她一直伴着我成长。

因此，老师敲钟的不同节奏，听得多了，我自然就记住了。根据下课、上课等铃声的节奏，我总结如下。

预备铃声是"当，当当。当，当当"。

上课铃声是"当当、当当、当当"。

下课铃声是"当、当、当"。

集合铃声是"当当当，当当当"。

考试铃声是"当，当当。当，当当"（开始），"当当，当。当当，当"（结束）。

我最期待的钟声是最后一节课后的"当、当、当"，那就表示一个上午或一个下午的学习结束了，就可以愉快地放学回家了。同时这钟声传得很远很远，附近田地里劳作的农民，也以此钟声来掌握时间，劳作的农民都知道这是孩子放学了，便停下手中的农活儿，往家赶去。家中的老人、妇女摆上饭菜，等待着孩子归来一家人共餐。

有一个上午，我又听到"当、当、当"，便高兴地回家吃中饭去了，回到家中，奶奶说："你今天怎么这么早回来吃饭了？我还没有烧呢！"我一愣，糟了，原来还有一节课，于是马上跑回学校，幸亏我家离学校很近。

每一堂课都在钟声中启动，然后又在它严格的规定的时间里结束。久而久之，每次上课钟敲响后，自己便会下意识地认真和严肃起来。校园钟声永远铁面无私，它只与时间同步，而不会去等任何人，渐渐地，似乎是校园的钟声，把我培养成了一个珍惜时间的人，是校园的钟声，使我明白了自律的重要性，让我学会了约束自己。

有一次，"当当、当当、当当"的上课的钟声又响起了，过了很久，怎么讲台前没有老师？教室里一开始一片安静，过了一会儿由安静开始转变为窃窃私语，由窃窃私语转变成一片喧哗。哦，这节是自习课。突然，教室从喧哗声中安静下来了，我放下笔，抬起头来，原来是老师来了，难怪啊！也许是因为我们很贪玩，虽然已经听到了上课的钟声，但有时还是违背了钟声的命令。

　　我工作后，学校有了电铃，一开始是到了规定时间后用手拉开关的，后来在一个挂钟里面安装了一个圆盘，在圆盘上根据时间分别插上小铁销子，也算是自动会打铃了。不过那挂钟要十五天上一次发条，走时经常不准，教导主任知道我会修理钟表，就把"调教时间"这个任务交给我负责。

　　有一次突然停电，上课时间到了，值周老师不会敲钟，我自告奋勇地说我来敲，"当，当当。当，当当"。小时候的节奏再一次回响在耳边，我终于敲上了钟！值周老师问我："你怎么会敲钟?"我只能用微笑回答。

　　从用敲击铁轨到电脑控制的音乐广播，这可以说是一种大跨步，但用音乐广播来取代钟，其功效远不如敲钟声来得直接。可能在我的记忆深处，那敲钟声已化成一种文化，一种永难忘怀的乡愁。

　　钟声造就了我的童年，敲响了我对生活的理想，让我去认知社会，是它让我们一直微笑向前，让我们在人生路上善待自己，让我们活出生命的精彩。

　　儿时敲响我们智慧启迪的是钟声，长大以后叫醒和催促我们的却不再是钟声，而是生活和责任，于是那份记忆中的钟声，显得弥足珍贵。

家庭家教家风

爷爷留下的这盏灯一直照亮着我人生的路

天气转热了，前天我在街上看到有位老人在卖麦秆扇，见到这种古老的麦秆扇我感到特别亲切，因为小时候在炎热的夏天里，手握一把麦秆扇就是握住了一份爽意，一把麦秆扇可以打发走难耐暑热和孤寂，就是出门行路，腰间也可以别一把扇子，边走边摇。麦秆扇最令人难舍的是，它有一股麦子的清香，随着阵阵凉风，那丝丝麦子清香沁人心脾。

我的心中思绪万千，都说睹物思人，这令我情不自禁地想起了小时候爷爷你做的麦秆扇，想起了你做给我的玩具和留下的那盏灯。

我们已经不知道你的生日，只知道你的忌日了。听姑姑说，三岁那年你父亲（我太公）不幸在炭窑烧炭时烧死，你是你母亲（我太婆）一手带大的。从此家道开始一落千丈，你小小年纪就成了家中的顶梁柱，九岁时娶了童养媳，也就是我奶奶，你和奶奶一生相待如宾、百年偕老、勤俭持家。

我们家虽然家道贫寒，但是祖辈家训家规一直很严，宁可自己吃亏，从来不做亏心事，这也是太婆教子有方。勤奋好学、自小聪明伶俐的你由于家庭贫困只读了小学就辍学了，也没有学过什么手艺，但是你有天赋，不但会雕刻，会剪纸、画画，还会做各种各样的玩具，而且样样做得非常精美，这都是你忙里偷闲练就的一身好手艺。你做的铁把弹弓据说能打中黄鼠狼；你做的陀螺能转好几分钟不停；你用木头做的步枪和红缨枪看上去可以以假乱真，当年革命样板戏剧团演出都喜欢用你做的枪；你扎的动物花灯形象逼真，而且全身都会动，栩栩如生。

可是在计划经济年代，你的手艺被埋没了，为了养家糊口，你只能和其他村民一起参加繁重的生产劳动，日出而作日落而息，"英雄"没有用武之地，只有在雨天空闲时光才能摆弄你的喜好，做出各种各样、小巧玲珑的物件。

"强，玩了一天了怎么不记得把玩具收起来啊？哪里拿来的东西放还到哪里。"你给我取的这个名字，不知有什么寓意？你也是我记忆中最早只叫我名字中最后一个字的人，以至于到现在许多村民还不知道我的全名。你笑着埋怨我把玩具乱堆一地，从我记事起你就这样教育我了。从我人生中第一次玩玩具开始，你就用自己的手艺伴随了我少时的众多时光，从扇子到笔筒到劳动器具，从剪纸到花灯，都可以被你弄出很多实用或者好玩又好看的样式。

小时候我要什么玩具你都能变着法儿地满足我。记得那年我上小学时，学校要开展活动，我要你给我扎一盏兔子灯，心想要是让我带到学校，在同学们面前露一下脸，那该多有脸啊！

那次我真正目睹了你的好手艺，对你做玩具的本领更是深信不疑，至今你做那盏兔子灯的过程仍深深烙印在我的脑海里。记得当时你找来了几根竹篾，弯成大大小小的椭圆，用细绳扎紧，兔子的大体框架便形成了。你用皮纸粘上，然后用白色皱纹纸剪成细毛就有了雪白的兔身，用红纸粘上就是红红的兔眼。兔子有了，怎么才能在路上跑呢？你在屋前屋后转了几圈，找来了一根木棍，把木棍放在凳子上，一只脚踩在上面，一只手扶着，另一只手拉锯，很快就锯下了四个圆饼，在每个圆饼中间打了一个小圆孔，就成了兔子灯的四个小轮子。那次学校活动上，这盏兔子灯极大地满足了我的虚荣心。

你做麦秆扇全村有名。你选取那种长短均匀的上好麦秆，用开水烫后再晒干，然后裁成大约两厘米宽的长条，编织成各种图案，再将这种长条一边缝一边螺旋状绕成一个圆。做成后，周围用上过颜色的麦秆织一圈花边固定好，一把麦秆扇的雏形算是完成了。你的手巧，还会在圆心的地方缝上五角星或者剪纸。

那个时候我经常拿着你做的麦秆扇全村去招摇，村里虽然也有人做麦秆扇，但在我看来都没有你做的好。多年以后我才知道，你的麦秆扇之所以比别人的好，是因为足够精致，特别是雕刻过的扇柄别具一格，具有艺术风味，拿在手上实在让人羡慕。我总感觉我们家的麦秆扇还要比别人家的耐用，且颜色鲜亮许多，甚至扇面都要圆一些，扇出来的风似乎凉爽许多。

你多才多艺，而且为人随和热情。每到春节、元宵佳节前夕，我们家里便热闹得像赶集一样，大人让爷爷帮忙刻点、画点什么东西，小孩要爷爷帮助扎个灯，你一般都是来者不拒，有时我在一旁帮忙。

你年纪大了，身体又不好，那年刚动完一次大手术后不久，手脚不灵便，眼睛老花了，有好几次削竹篾削到手上，手出血了随便包扎一下，对于奶奶带着心疼的抱怨，你也有点不以为然。

做花灯的工序很繁杂，先要到山上去砍竹子，再将竹子破开进行加工处理，用竹刨刨去竹面粗糙的表皮，裁取竹条所需的长度，再编织成各种形状以完成灯架轮廓。你虽然没有学过篾匠，但是你剥竹篾的技术不比篾匠差，只是速度上慢点而已。灯架做好了，接下来就要糊灯笼了，先把稀释的糨糊均匀地平刷在灯架表面，然后在骨架上糊一层皮纸，再根据需要粘贴彩色皱纹纸，将灯笼放在阴凉通风处晾干后就好了。

20世纪80年代初，浦江县文化馆举行了春节民俗活动，乡政府工作人员找到你，你做了一盏宫灯和一个猴子灯分别获得了县一等奖和二等奖的好名次。你做的那盏宫灯点上蜡烛后会旋转，这是利用了热空气上升的原理；猴子灯全身会动，一路走来猴子的眼睛、嘴巴、尾巴都会动，两只手在舞动棍子，栩栩如生。县文化馆发给你的镜框奖状至今还挂在老家八仙桌的上横头。

为了隆重庆祝改革开放，1981年我们村又恢复了迎龙灯的习俗，你的才能再一次得到发挥了。我们村的龙灯在全国也是独一无二的，名曰"仰天龙"：一条龙上有两个灯头，那金黄大龙头高大威武，是纪念和一太娘的，高1.2丈，宽1.2米，长3.2米，是浦江县最高大的龙头；那黑色小龙头，是纪念她的贴身丫鬟的。而且灯节上，动物灯、人物灯、字灯、花灯都有，人称"百花灯"。龙灯跑起来时令人眼花缭乱，堪称一绝。

在迎龙灯史上最让我们村村人记忆犹新的是1982年迎灯到七里（浦江七里村与我们村是自家兄弟）的壮观场面。那次迎灯到七里，前有龙灯、锣鼓队、彩旗队、宫灯队开道，后有什锦班压阵演奏，中间是蜿蜒不绝的双龙灯，男女老少三百余人，一支浩荡壮观的迎灯队伍，长途跋涉，翻山越岭，经中余，过冷坞，翻越古道淡竹岭至蒙山，过岩头，精神抖擞地顺利抵达七里村。七里村万人空巷，夹道欢迎我们村龙灯的到来，他们从来没有看到过如此高大威武、繁花似锦的百花灯。

可谁知这条龙灯消耗了你和你的朋友多少个不眠之夜？倾注了你的多少情感和心血？你为后代人留下了宝贵的文化财富和

遗产。

20世纪80年代初，邻村（方家村）也要迎龙灯了，有一户村民父子俩挑着刚从山上砍的木柴送到我们家，他们羡慕你的扎灯手艺，一定要你帮他们去扎龙灯，以这种方式来邀请你。

1986年春节，因受金华师范学校的张必松老师的邀请，要代表金华师范学校去金华扎灯，你和他朋友精心扎了两盏狮子滚球灯，在金华婺州公园展出时得到了金华市民的一致好评。

你的剪纸手艺也非常精湛，虽然年纪大了，握剪刀的手有些颤抖，但也不见丝毫犹豫。"唰唰"几剪子下去，纸屑纷飞，不一会儿，一张普通的纸变成了一件精美的工艺品。传统的戏曲人物、花草虫鱼、梅兰竹菊等剪得得心应手，刀下生辉。哪家邻居有喜事贴窗花，你都会剪好了送去。

你的精湛手艺得到了许多人赞叹，也有过机会去大城市。那时在20世纪50年代，你的表弟陈金雷在上海工作，他要你到上海去发展，你回绝了，原因是已经有一大家子人口了，再加上当时有"工人工人，达不到农民的一条田埂"的说法。

爷爷你离开我已经三十二年了，你的一生勤勤恳恳，虽然勤俭节约、艰苦朴素、努力奋斗，但还是生活在清贫之中，一生都在为填饱肚子而忙碌，从来没有奢侈过什么，甚至没有穿过一件像样的新衣服，没有抽过一包好烟。小时候我经常在放完电影后的第二天早上去捡香烟屁股（香烟蒂头），然后剥开里面的烟丝给你抽。到你走的那年家中还是捉襟见肘，你第二次动手术的医药费我们欠了很长时间。

你的精湛手艺在那个年代不能带来经济收入。假如改革开放之风再早几年吹到我们小山村，苦难的你一定也能赶上一个好时光；假如你生活在现在这个时代，你肯定能用自己的手艺养家糊口；假如你能活到现在这个年代，你一定是个非物质文化遗产传承人。

遗憾的是你的子孙后代都没有遗传你的艺术天赋，没有一个传承了你的精湛手艺和文化。可是你的言传身教是我们家家风形成的关键，这份优良的家训家风就像一盏灯，我们一定会一代代传承下去，并把它发扬光大。

在改革开放四十多年后的今天，我又找出了你的这盏灯。爷爷你可知道吗，你留下的这盏灯，一直在照亮我的人生之路。

奶奶的针线板

　　近期，在老家整理东西时，我找出了一块上面刻有梅花图案的小木板。它是奶奶的针线板，又叫线板，它是奶奶做针线活时用以缠绕线的工具。上面虽也有纹饰图案，但是结构非常简单，因为使用多年，这块针线板已经变成棕黄色的木板了，可即便如此，我依然细心珍藏。

　　在中国的传统文化中，针线活是家庭妇女人人都会一点儿的手上功夫，一针一线，十指春风，是女子聪慧、灵巧、贤淑的象征。针线、剪刀、顶指、鞋钻、针线板是妇女缝补衣服少不了的五大件。

　　古时的针线板多以木头为材料制成，以年糕形和元宝形为主样式，针线板上，都经过上漆描花，雕刻纹饰，其厚度多数不超过一厘米。

　　小时候听奶奶说过，我家这块年糕形针线板是爷爷亲手做的，那年我家请木匠打造家具时剩下一块窄长形小木板，在生产队农活儿空闲时，爷爷用刀一凿一凿雕刻成了针线板。针线板四面雕工非常精致，一面雕刻梅花的图案，另一面雕刻着一把宝剑图案，正反两面都刷上了艳丽的朱漆，看起来庄重又不失明艳。它寓意着对未来的希望、对美好的追求、勇敢和坚韧的精神，向人们传递着美好的祝福。

爷爷一生没有拜师学过手艺，但是很有艺术天赋，不但会雕刻，剪纸、画画，还会做各种各样的玩具，而且样样做得非常精美，这都是他忙里偷闲练就的手艺。他做的弹弓能打中飞翔中的麻雀；他做的陀螺能转好几分钟；他用木头做的步枪和红缨枪外表可以以假乱真；他扎的动物花灯形象逼真，而且全身都会动，灵活逼真；他雕刻的针线板也同样得到了邻居的羡慕。

奶奶用过的针线板

奶奶有一只专用的针线竹篮子，篮子里装有大小不等各种颜色布头、老花镜和缝补五大件。起初，这块小小的针线板一头缠绕着黑线，一头缠绕着蓝线，后来不知道在什么时候在中间又缠绕上了白线。年复一年，奶奶不分早晚穿针引线，这只针线竹篮子及里面的物品陪伴了她的一生。

有时候奶奶手里正做着针线，突然有谁叫她，她就把缝衣针别在针线板的缠绕线上，忙着出去应酬，回来后顺势又把别在线板上的针拿下来，在头发上蹭两下，接着做针线。做完了手上的活，奶奶又把针别在针线板的缠绕线上，然后扔进篮子了，以备下次再用。

如今我看到这块针线板，仿佛看见奶奶在 15W 电灯泡微弱的灯光下搓着苎麻线纳鞋底，仿佛看见她坐在门口的凳子上缝补衣服，一手拿着针线，一手拿着缝补的衣服，可是人已经在不知不觉中打瞌睡了，直到奶奶把针扎在自己手上，被针扎刺痛惊醒了，嘴里还在自言自语道："我怎么睡着了？"这是一幅幅让我感动、让我永远难忘的人间最美的画面。

小时候我最喜欢帮奶奶在针线板上绕线，因为从门口"鸡毛换糖"的小贩那里买来的是一个个圆形的线球，用线缝补衣服时很不方便，因此要把圆形线球上的线缠绕在针线板上。随着奶奶岁数的增大，她眼睛老花越来越严重，她叫我帮她穿针引线，直到生活条件好转，不再缝补衣服为止。

如今，这一块针线板虽已历经沧桑，但依然瑕不掩瑜，在历史的长河中，它缠绕的不仅是各种颜色的线，更是缠绕了岁月，缠绕了亲情和希望。

父亲的流水账

父亲文化水平不高，自称高小（相当于现在的小学）毕业，可是在当年的村里也算得上是个"会写字"的人了，曾经担任生产队记工员的职务。

小时候，我经常看见父亲睡觉前总要在一本小本子上写着什么，母亲一边说，父亲一边记，就是不知道他写了什么内容。

一次我看见其他小朋友在折纸飞机，心里痒痒，于是偷偷撕下一张那本子的纸去参与游戏，结果被父亲发现后大骂了一顿。看着他把那一张纸小心翼翼地重新粘贴上去，我才知道那本子对于父亲来说是多么重要。

上学后我开始识字，偷偷翻开那本本子，发现里面用半繁体半简化文字记录着我家的日常开支：几月几日买一斤盐，几月几日买几尺布，几月几日摘了几个南瓜，几月几日卖掉了几个鸡蛋……

特别是每年请篾匠师傅和木匠师傅之际，本子上的记录更加密集，因为请师傅开销很大，买了几斤肉、买了几包"雄狮"牌香烟父亲记得非常清楚。

在每年三荒春头青黄不接之际，父亲在本子上写下了从谁家借来几斤大米、借来几元钱，他说借来的一定要在过年之前等栏里的猪卖了还清，不能拖到来年。

我家生活比较困难，收入微薄，但是每年从本子上可以看出收支大致平衡。自从队里实行农业生产承包责任制后，父亲记流水账记得更加频繁和密集了，因为我家的收入和开支的变化越来越大了。

随着生活条件的不断改善，父亲经常翻开以前的账本，说："每当看到这些，就会想起过去的生活，我们不能忘记曾经帮助过我家的人，要感恩人家，才会珍惜现在的幸福生活。"

父亲离开我已经十几年了，最近无意中再次翻到父亲的流水账，上面的字迹虽然已经很模糊，看着有点费劲，但还能看清上面写的大致内容。虽然这本流水账记录的是四十多年前的事，但是看到它的时候，当年的情景历历在目，仿佛父亲还在身边，还在记账……

父亲的流水账记录的是真实生活，记录的一个时代的变化，正如好多人记日记、写微博一样，写一写当天的事情，记录一下自己的心情变化。其实，我们的生活本来就是一本流水账，如果没有这样流水账的生活，又怎能和以前的生活进行对比？父亲一生的奋斗都在这个流水账里，他一点儿一点儿地积累，用精神与毅力，把这本流水账管理好，让其更加精致有型。

我们要努力的不就是流水账的生活吗？因为这就是我们的真实生活，是我们未来希望的基点、腾飞的基础。

母亲的番薯饭

一熟番薯半年粮，在历史长河的岁月里，番薯是农村山区每个家庭的主要口粮，它牢牢占据了一代又一代人的味蕾记忆。

农村山区由于田少地多，那些年，一家人一日三餐很少吃到白米饭，白米饭通常是用来招待客人的，或者逢年过节时才能吃到，因此小孩子很期盼亲戚来访和过年的日子。

儿时的记忆中，番薯是我家一日三餐的主食，番薯饭一直是我家的一道家常饭。

母亲在烧饭前把番薯清洗干净，刨皮切成片垫在锅底，每餐只需少量大米下锅。肚子已经饥饿的我一直在锅边守候，待饭烧熟时揭开锅盖，一锅带有浓郁番薯清香的番薯饭就烧好了。番薯的软糯香甜与米饭清新的谷香浑然一体，片状的番薯从内锅边剥下来，当看到一面金黄色的番薯时，我便会迫不及待地拿起筷子插上一块番薯先解解饥，口腹之欲甚欢，但有时也会被滚烫的番薯烫到哇哇叫。

那时每到深秋季节，只要能吃上一碗香喷喷的番薯米饭，我身上所有的寒意都随风而去。每次吃饭时，父母总是先把锅底中间的一点儿白米饭盛到小孩子的碗里，自己吃那些剩下的番薯。吸附了番薯的香气，带着浓浓的甜香和亲情的番薯饭至今让我难忘，它们时常在我的记忆里闪光与飘香。

初冬之后，由于气温低，番薯不宜长期存放，母亲将收回来的番薯洗净，然后刨成一丝一丝的番薯丝。父母总是利用晚上时间，把家里的其他活计收拾好了之后，才开始刨番薯丝，这样每次刨好番薯丝，都要累到深夜。晚上刨好了番薯丝，第二天清早拿到篾垫上去晒，甚至要挑到更远的山坡石塌皮（平坦的大石块）上去晒，在烈日下把番薯丝晒干有利于储存。我家每年都会晒几箩筐番薯丝，然后把晒干的番薯丝收贮到楼上瓮坛里，以备来年长期食用。

烧饭时，母亲就会将番薯丝掺杂在大米里一起煮饭，煮出的番薯饭透出丝丝的甜味，红白相间，非常好看。在我的记忆里，我家几乎一年四季都能吃到番薯丝饭，但是有一年我家连番薯丝都吃完了，只能到邻居家去借。母亲把借来的番薯丝直接下锅用清水滚着吃，为了增加点味道，加上一点儿糖精就变成甜味的了。到第二年早稻收割后，父母又用等量的稻谷去偿还番薯丝。当时我总感觉能吃到没有番薯丝的白米饭，是一种享受。

番薯饭可稀可稠，加入番薯熬成粥就是番薯粥，更加省大米。在冬天的清晨，寒冷的天气里喝下一碗热乎乎的番薯粥，甜甜的、香香的，把整个人都暖和起来了。舀出一大碗番薯粥，我用勺子压压碗里番薯，粥里就融合了番薯的味道。

儿时的我不喜欢吃番薯饭、喝番薯粥，只是为了填饱肚子而已，而如今的番薯饭、番薯粥成了珍稀佳肴。真是无心插柳柳成荫，当年人们为了生存被迫发明出来的食式，如今却成了一种家常的健康饮食佳肴。

在物资短缺的岁月里，日复一日，年复一年，母亲和天下所有的母亲一样，凭着自己的智慧与汗水，勤俭持家，最大限度地让一家人填饱肚子，走过了一段饥荒的日子，让我们享受到了难得的温馨生活，见到了风雨之后的阳光。

　　番薯饭陪伴了我的长大，我喜欢番薯这副憨态，因为它能润人心肠。番薯的味道，更是家的味道。母亲离开我已有十几年了，而那一顿顿番薯饭，既有一种甘甜爽口的亲切之感，又是一种刻骨铭心的酸楚记忆，那种温暖心田的味道至今依然不变，它让我多了一种岁月无声的想念。

回家的路

　　在这个世上，路有千万条，但是只有一条路，最能让人感到温暖幸福，这条路就是回家的路。

　　一个离县城有四十多公里的小山村，虽是个只能在县级地图上圈个点的小村子，却有着我梦一般神奇与美丽的童年，村子已经有四百多年的历史，至今还保存着多幢明清时期的古建筑，青砖马头墙的徽派建筑群，气势非常宏伟。

　　但是由于村子位于丘陵山区地带，崇山峻岭是村子最大的地形特征，又远离县城，交通十分不便。

　　鲁迅先生曾经说过："其实地上本没有路，走的人多了，也便成了路。"确乎！也不知道从哪天起，勤劳的祖先先后在村四周修建了靠坑岭、上和岭、江山岭、养元岭、蒲阳岭、百步岭、乔竹岭、瓦窑岭等多条峻岭古道通往外界，这几条峻岭古道完全是祖先用汗水甚至鲜血滴在没有路的山壁上"开凿"出来的，有数不清道不尽的故事流散在这些古岭上，等着后人前往倾听。这几条峻岭古道镌刻着祖先文明发展的印记，见证了村子的发展，集中展示了当地的自然生态、风土民俗和人文历史，也是寄托浓浓的乡愁。

　　从此以后，村民外出必是翻山越岭，方便了与外界的联系和交往，这些峻岭古道成了先人外出交往、经商、求学、任职、干活儿的必经要道。新中国成立后，从这些古岭走出去的有两名将军，还有教授、工程师等。

经过村民的不懈努力，在我读小学一年级时村里终于打通了一条通往乡政府的简易公路，开通了村里到县里的公共汽车，从来没有走出家门的老人有生以来终于见到了汽车，村民终于可以走在宽敞的大道去干农活儿了。

村里开始出现了手扶拖拉机，可是修建的只是泥路，道路坎坷不平、泥泞不堪，经常可以看见手扶拖拉机陷在泥泞的坑洼道路上，成了让人前拉后推的拖拉机。见到最多的还是人力的肩挑背扛，交通还是不太方便。

晴天时，一阵风吹来，道路上灰尘满地飞，到处尘烟滚滚，特别是汽车过后，会带起一条长长的黄龙，令人们不约而同地捂住了自己的鼻子和嘴巴。一到下雨天，路面到处是水坑，走过那段路，鞋子、裤子都沾上稀泥。每年春节期间，到村里来拜年的客人调侃说这不是拜年，是"拜泥"，语气中却总有一份无奈、期盼与埋怨。

随着经济的发展，原先的沙泥石子路已经无法适应村里经济的发展和村民的出行，在 20 世纪 90 年代中期，村民联合集资修建了一条贯穿村庄的水泥路，一直修到村口。又过几年，村村通公路工程开始了，水泥路一直修到乡政府为止，贯穿了整条候蒲线。

道塞山河旧，路通天地新，往昔觉得那么遥远的县城，如今似乎近在咫尺。经过五水共治和美丽乡村活动后，村里的面貌发生了翻天覆地的变化，村庄变得干净整洁了，随着村里经济的发展，人们生活水平的不断提高，回家的这条路上奔驰的汽车也逐渐增多，水泥路修得更加宽广了，人们的心情更好了，一排排整齐的太阳能路灯安装在这条路上，把黑漆漆的夜空照得如同白昼。

回家的路变近了、变美了。如今，一条条平整宽阔的水泥路、柏油路通向邻近城镇、村落，通往县城和诸暨城区，人们不用再为出行感到不便，一条崭新的宽广致富之路呈现在我们的眼前。

公路沿着山谷，穿过松林，盘旋曲折，像一条浅色的带子，缠绕着翡翠般的山峦，道路两边盛开着五彩缤纷的野花，像五彩的绸缎一样从车窗边滑过，温暖的春风夹着花香扑面而来，在车上似乎还能闻到淡淡的树木发出的清香。

回家的路

"常回家看看，回家看看……"这是人们熟知透熟的一句经典歌词。家是我们从小生长的地方；家是我们难忘的乡愁；家是每个人温暖的港湾。无论你身在何处，走得多远，都不要忘记回家的路。

　　踏上这条幸福的路，怀着浓浓的爱和一生的牵挂，让我们常回家看看！

那些年我们穿过的补丁衣服

"新三年，旧三年，缝缝补补又三年"，每当念到这句话时，我的思绪瞬间回到童年，回想起小时候我们所穿过的补丁衣服。

现在的补丁多是指用来修补计算机程序漏洞的软件，而过去的补丁是补在破损衣物上的布条。补丁不仅是用来修补的东西，它也是一项艺术，是中华民族代代传承下来的勤俭持家的美德。

在那个城乡经济落后、物资匮乏、供应紧张的计划经济年代里，人们所有需要购买的物品全都按人口数量凭票供给，布匹也不例外，做一件新衣服需要花费几个人一年的布票。农村里各家孩子又多，穿打补丁的衣服，是一件再正常不过的事。那时候农村还有句俗语："新老大，旧老二，补补丁丁是老三。"意为做了一件新衣服先给老大穿，老大穿旧后给下面的老二穿，等老二穿不上时衣服已经破了，于是打上补丁再给下面的老三穿。

农民常年在生产队干体力活，上衣的肩膀头破了、衣袖破了、前襟破了，都用颜色相近的补丁补起来。裤子臀部破了，膝盖破了，也照样补起来继续穿。人们常说，笑破不笑补，虽然衣服破旧，但是大家都在补丁上做足功课，尽最大可能把补丁补得周正一点儿、对称一点儿、颜色对比度好看一点儿，平时下地干农活儿，习惯成自然地穿带补丁的衣服。新衣服留在过年走亲戚的时候穿，如果在平常时候出门了穿了一件新衣服，肯定就会有人问："这是干啥去呀？要相亲去了？"可见穿带补丁的旧衣服是多么普遍的事，穿新衣服反而感到稀罕。

我小时候平时都穿旧衣服，几乎每件都是带补丁的，只有过年过节才能穿上新衣服。在新春佳节之际，许多小孩子都穿上了崭新的衣服，常在一起比谁穿的衣服更漂亮，这就使爱美的小孩子盼望过年。能穿上一件新衣服，对我们来说，是一件很幸福的事情，能开心快乐好几天。新衣服穿脏了也舍不得脱下来洗一次，因为在我们的心里，新衣服只要一洗，就不再是新衣服了，总是在大人的强烈要求下才极不情愿地脱下来洗一次！

实际上，一件新衣服如果经常穿，哪能有三年新？新衣服常常是放起来舍不得穿，一是走亲访友时穿，二是过年过节时穿，这才有了新三年的概念。为了使衣服穿得长久，母亲给我做的衣服一般都比我的体形要大一些，随着年龄的增加，衣服就逐渐合适了，一直要穿到短一截、衣服穿破了为止。

我穿过补丁衣服、补丁袜子、补丁帽子，用过补丁被子、补丁床单。记得我小时候穿过一件花棉袄，可能是我姑姑穿过的，后来传给叔叔穿，传到我穿时已经满是补丁。我穿到学校里后，有一位同学笑我穿的花棉袄是女人的衣服，我感到很"倒霉"，在放学的路上和那位同学打了起来。为此，我常向父母诉苦、抱怨，要件新的棉袄，每次父母都说等明年生活好了再做一件新棉袄，可是等到后来还是明年。

有一年，看到别人穿的确良衬衫，我非常羡慕，在跟父母的再三央求下，我终于穿上了一套崭新的的确良白衬衫，当时别提多高兴了。在一次玩耍时，袖子被树枝拉破了，我早已做好回家被教训的心理准备，反正要打要骂都随爹娘！回到家里，母亲一抬头便看见我狼狈不堪的样子，但是我看不出她有丝毫怒气，反而关心地问道："摔伤了没有？玩耍时要小心！"说后立马放下手中的活计，转身来到房间寻针找线，先给我补上补丁。那件的确良衣服我一直穿，穿了好几年，直到穿不上为止，它给我留下了深刻记忆。

那时的小孩整天都在泥地里玩，衣服裤子常常这里破一个洞，那里磨一个窟窿，双肘、臀部和膝盖处是最容易破的地方。母亲白天忙碌了一整天，但晚上仍然不能歇息，收拾完了碗筷，便端出装有针线头、顶针、剪刀的竹篮子，借着昏暗的灯光开始为一家人缝缝补补。母亲往往会根据破洞的情况，找到大小合适、颜色相近的旧布块，或者挑几块特别的布来进行组合，一块块补丁在母亲的一针一线中很快就成形了。

我的母亲是个粗人，只会干农活儿，因此她的针线活很粗糙，时常把我的蓝色的裤子上补上一个绿补丁，而且针脚又粗糙，可不管怎样，补丁比破洞好多了。而且有时候我还以穿补丁衣服感到荣耀呢，因为那是艰苦朴素的象征，我们知道雷锋叔叔曾经穿过带补丁的衣服、袜子，还有许多革命老前辈也是这样，我嘴里时常会哼起："小小针线包，革命传家宝……"

虽然经常穿补丁衣服，但我内心从没有自卑和难为情的感觉，因为生活在那个缺衣少穿的年代，穿补丁衣服的人家太多了，尤其到了冬季，我们有时跟没穿补丁衣服的孩子开玩笑说打了补丁的衣服厚，比他们的要暖和。

补丁衣服实在穿不得时，母亲就将补丁衣服上的完整布料拆剪下来洗净后，用面粉做的糨糊粘成一大块，好几层厚，晒干后剪成鞋样子，给我们做布鞋，做鞋帮、纳鞋底，一点儿都不浪费。

时过境迁，随着生活条件好转，穿补丁衣服的人现在已经很少了，但是补丁衣服会一直定格在我的记忆中，不论我们这个时代如何发展，我们还是要继承发扬艰苦奋斗、勤俭节约的情操，以及勤俭持家的"补丁"精神，这应该永远成为我们的传家之宝。

父亲的那片竹林

又到春天挖笋季，不知父亲的那片竹林怎样了？

那年我家分到了大约三亩毛竹山，父亲高兴得合不拢嘴，说以后竹子再也用不完了。

当时毛竹的经济价值很大。其竿型粗大，宜供建筑用，如棚架、脚手架等；篾性优良，可以制成筷子、椅子、篾席、篮子及各种农具、各种工艺品；枝梢做扫帚；竹笋味美，可鲜食或加工制成笋干。毛竹叶翠，四季常青，秀丽挺拔，经霜不凋，雅俗共赏，自古以来文人墨客把竹子、松树、梅花誉为"岁寒三友"。

在没有实行包产以前，我家四口人在每年秋冬时只分到两到三根毛竹，这点毛竹只能作修补家具和农具之用，如果要置办像篾垫、蒸笼等大家具，是远远不够的，现在一下子分到这么多毛竹，难怪父亲高兴极了。

那年的冬天，父亲花了一个星期的时间将那块毛竹山翻了一遍土，清除了所有的杂草，说是土壤越疏松，竹鞭的伸展越旺盛。他心中想象着竹鞭在泥土里的动静，那是一种充满力量的过程，过不了多久，竹鞭上的侧芽会开始萌动，不断分化和膨大，并执着地蹲守一个完整的冬天。他还在每根毛竹上面用毛笔写上了他自己的名字，并标上了序号，最后标到两百多号呢。

惊蛰后，春姑娘从天而降，用细嫩的手指抚摸着毛竹，用蒙蒙的细雨滋润着毛竹。那一声声雷声敲响了大鼓，"咚咚咚"的声音把美梦中的笋芽吵醒了，笋芽们伸了伸懒腰，成群地从土里探出头来，争先恐后来看外面的精彩世界。

为了防止有人偷笋，村里专门组织人员看笋，同时还规定每个月只能逢一、五、十日才能上山挖笋。看着邻居在吃九头芥炒笋，我馋得流口水，可是父亲舍不得挖笋，每次遇到挖笋的日子，他在那块毛竹山上看到一棵棵竹笋贪婪地吮吸着春天的甘露，悄悄地探出了小脑袋，就像一个个小孩，惊奇地望着外面的世界，便总是舍不得挖，而是用砍柴的钩刀砍了一根木棒插在那根笋的旁边，表示这是样笋，任何人不得来挖。据说这是自以前延续下来的传统。

到了下一个挖笋日，竹笋慢慢长高了，变成了一棵棵嫩绿的竹子，这时候由竹笋长成的竹子就成了春天的"明星"，在春雨中，竹子们兴致勃勃地舞动着，它们努力地吸收着这些甘露茁壮成长。过不了几天，你再去竹林就会大吃一惊，此时，那翠绿的"小孩们"已长大了，它们成为一个集体，成为由无数棵亭亭玉立的竹子围成的一片竹林。

如果到下一个挖笋日时，笋还没有长高，父亲就把那根笋挖回家吃了。他偶尔也会忍痛割爱，挖一点儿泥底笋回来。泥底笋由于没有出土，笋壳还是白色的，也叫作白毛笋。泥底笋很难挖，要有丰富的经验，要讲究技术，它深深地躲在泥底，要找到它很不容易。有几次我和父亲去挖竹笋，他选择笋芽早发的向阳坡去找，两眼就像扫雷的探测器，仔细地搜索着地面，他顺着略微隆起、周围有几条丝带状裂纹的泥土，小心翼翼地用锄头刨，一层层挖下去，引来我的一阵惊呼："哇，笋！笋！"只见嫩黄的泥底笋像小孩似的睡在泥土里呢！父亲用锄头先挖笋芽根部的四周，然后用锄头轻轻掘几下，一根黄白色的笋芽儿就毫发无损地掏出来了。父亲说："泥底笋嫩，如果刨土时不小心，锄头碰到笋芽儿会使它皮破肉绽，那样的话一棵好端端的嫩笋就弄坏了。"一支新鲜出土的春笋，散发出浓郁的泥土芳香，被一双布满老茧的双手捧到阳光底下，掂着分量，仔细打量，如同一位父亲面对初生的婴儿一般。

待笋长成毛竹时，捡笋壳又成了一件我的差事。笋壳晒干后可以拿到供销社收购站去卖，可以换点零用钱，又刚好是早稻插秧时节，把浸泡后的笋壳撕成条状拔秧时用来捆秧苗是最好的。

为了保护竹鞭，使来年春笋丰收，父亲从来不去挖冬笋。

经过父亲几年的精心打理后，我家的那块毛竹山已经变得郁郁葱葱，远远望过去，就能看见一大片连缀在一起的碧绿，一根根翠竹苍翠欲滴，像一个个训练有素的方阵排列得整齐划一。而那伫立的竹子，就像挺直了腰杆守卫那片竹林的卫士，等待人去阅兵检阅。

后来几年，建筑市场用竹子搭脚手架，毛竹需求量大。有一次回家，父亲很开心地对我说毛竹卖了五百多元钱。

父亲离开我已经有十年了，他的那块毛竹山我已经二十多年没有回去看过了，近日回家，我特意到山上去，看到父亲当年刨得干干净净的毛竹山如今已经杂草丛生。邻居告诉我："你每年不来挖笋，都是别人在挖的，现在毛竹也不值钱了。"

竹林内空气清新，竹子还是那么郁郁葱葱，依然翠色盈盈，永远保持着春天的绿色。睹物思人，我眼前仿佛又看到父亲在那根竹子下挖笋，心里再次涌起思念的涟漪。

买 米

最近几天，短篇小说《卖米》在网上火了，大量网友在朋友圈和微信群里转发这篇作品。感人的文章得到了很多的读者关注和评论，质朴的情感和简单的叙述是《卖米》最独特的文风。

我与作者有相同的感受，只不过原作者是卖米，而我是买米。

我的老家山多田地少，在一个小山岗上生活着二千多人口，在那个物资非常匮乏的计划经济的年代，祖辈们一年到头都在为了吃饱肚子发愁。为了能填饱肚子，我爷爷曾经多次卖木头买米，给我们后辈留下了许多艰苦奋斗的故事。

在 20 世纪 60 年代，我家非常贫困，爷爷向邻居借了五元钱，在村里买了根木头，然后在第二天天还没有亮的时候，肩膀上扛着一百多斤重的木头，偷偷地背着木头到二十公里远的诸暨草塔镇去卖。一路都是爬山过岭，他要在天亮之前赶到草塔镇，然后挨家挨户地敲门去问，若五元钱买来的一根木头六元钱卖掉，他便高兴得不得了，回来时买上几斤大米，就解决了一家人暂时的粮食危机。

后来爷爷借了本钱，发动全家人背木头去卖，可是被诸暨的公社干部拦阻了，本钱和木头两空，本来贫困的家庭又多了许多债务。从那次后，爷爷开始得病，落下了终身残疾。据说那件事后我家连续吃了半个月的观音豆腐，是用豆腐桶装观音豆腐的。

从我懂事起，买什么都要票——布票、粮票、油票、糖票……在三荒春头青黄不接之际，政府对山区农民每年都要发救济粮，每年到这个时候父母都在盼望救济粮，可是救济粮救济的只是浙江省定额粮票，我家可以分到三十多斤粮票，粮票发到手后父母又一次发愁了，每斤一毛三分八的买米钱不知在哪里。多亏一位邻居在供销社里工作，我父亲好几次只拿粮票走七里路直接去供销社，到邻居那里去借钱，然后买了米，解决了一家人的粮食，度过了一个个三荒春头。

都说穷人的孩子早当家，我刚六七岁的时候，父母要去生产队干活儿，有一次买米这个任务父母交给我去完成，对我这趟"差使"的安排，想来下决心时父亲也是经过几番的思量。我也因了这趟"差使"，对生活有了深切的感慨与感恩，为了十几斤米竟要来回走十五里路。

趔趄中我终于把十几斤重的米袋扛上肩，感觉肩膀上的米袋被人加了码一样，愈来愈沉，开始时没觉太沉，可是走到后来，腰开始发软，腿打战。汗珠浸湿额头、脊背。那一刻，我低头看米袋，心里满满的都是因自己的不堪而产生的懊恼。坚持再坚持的当儿，走走歇歇，几度踉跄，米袋又重重地滑落地上。说是滑落，潜意识觉得这是沉重的米袋在缄默中惜怜我肩膀的稚嫩，自己"蹦"下来的。还好的是，米袋"蹦"到地上，没有"受伤"破损，因为布袋结实。在我到家后，父亲赞许的笑容倏地黯然。

自从我们村实行了农业生产承包责任制，我家承包了十三丘山湾头田，彻底解决了吃饭问题。岁月蹉跎四十多年了，我没在这里诉说什么，那年代的孩子都苦，也从未抱怨什么。

现在我国早已走上了市场经济供应机制，敞开供应，居民们再也不为买米操心了，超市或市场各种粮食制品琳琅满目，方便自取。精挑细拣成了消费的主流。

读完《卖米》文章，心里很沉重。假如我要是遇见文章中的你们，我一定买下你们的米，绝不会讨价还价。

去年冬天的一个傍晚，我在仙华路路边碰见一个年龄比较大的老奶奶卖青菜，我赶紧下车看看。老人筐里还剩一些不怎么好的菜，看样子老人身体不好。天气很冷，她的手微微发抖，很着急，可能今天卖不出去，明天就全坏了，这筐菜也挣不着钱了。我说我全要了，老人很实在，有些难为情，说剩的菜都不太好了，便宜点儿。我摇摇头，把菜全买下了，老人一直目送我到很远……

生活不易，希望后辈们都要懂得忆苦思甜，养成勤俭节约的好习惯，珍惜现在的美好生活。没有身临其境，你是怎样也无法体味那几元几角的辛酸和不易，人活着太不容易了！你来人间一趟，有时只是简单地生活，就已经花光了身上所有的力气！

遥想当年摆地摊

忽如一夜春风来，千处万处摆地摊。地摊经济一下子成了热门行业，这也让我记起当年几次摆地摊的经历。

一、摆钟表修理地摊

1987 年冬，我拜师学艺一个月时间，初步学会了修理钟表。由于学艺时间太短，怕技术不精，我不敢开修理部，只能在不起眼的地段摆起了地摊。最早摊子摆在佛堂店村药店和春灿师傅理发店的门口，后来摆在中余街道。我的小摊子很简单，一张桌子、一条凳子，桌子上面套着玻璃框，玻璃框上挂着一些钟表模型和配件，用来招揽顾客。桌子的抽屉里装着修理工具和各个不同品牌钟表的小配件。相对于其他的修理行当而言，钟表匠全套的工具较为复杂与精巧，有螺丝刀、小锤子、吹嘴、放大镜、酒精灯、镊子，还有各种型号的开表工具。

一开始由于技术不熟练，一些钟表我还修不好，只会简单地换手表玻璃和拆洗，一些疑难杂症只能偷偷地拿到师傅那里去修。修到后来技术逐渐进步了，一年后，随着修理技术的进步，我租了一个店面，结束了摆地摊修理的历史。

当时我修得最多的品牌是国产的西湖、上海、钟山、钻石、宝石花等统一机芯的牌子,最快时我拆开擦洗到重新上油安装好只需要半个小时。

我还具有修理钟表的先天优势,我的视力非常好,以前可以达到2.0(遗憾的是现在老花眼只剩下1.5了),修理微小的零件时基本不用戴目镜,而且我还是比较心细、肯钻研的。

到了20世纪90年代初,石英表、电子表受到众人喜爱,机械表受到冷落,来修表的人少了很多。随着BP机、手机的出现,这些电子设备都附带时间显示功能,极为方便,很多人从此不再戴表,来修表的人就更少了。许多修钟表师傅改行修理家电了,我也于1992年转行了。

十几年后一些老客户还记得我,记得在虞宅中学一次家长会上,一位家长看见我还惊讶地说:"钟表师傅你在这里干什么?"

这些年,随着人们生活水平的提高,机械表特别是中高档腕表重新成为倍受追捧的"行头",修钟表行业也比当初最萧条时有所好转,这让曾经没落的修表行业逐渐有了生机,我这个曾经的老修表师傅由衷地感到欣慰。

二、西南边陲摆塑料水枪地摊

远在云南西双版纳的叔叔回老家时,经常说起傣族泼水节的趣事,使我非常向往,但是家庭经济困难,我心中想:能否有一个办法既能让我赚回路费又能过上泼水节?

1990年春,我到义乌小百货市场批发了一千把塑料水枪,分装成五个大包裹。由于当时还没有托运和快递,我只能把三个包裹邮寄,为了省点费用,另两个包裹随身带。1991年4月,我从浦江出发,到金华坐上了K79次特快列车,虽然是特快列车,但是火车很慢很挤。我带着两个大包裹，第一次一个人出远门，没有座位，就一直站到株洲站。经过三天两夜到达昆明，然后再坐三天的汽车，终于来到了祖国西南边陲勐腊县，离老挝最近的国营农场场部。

泼水节一般在阳历4月中旬，也就是傣历6月，为期三四天。第一天就相当于除夕，最后一天是元旦。"元旦"这一天，处处人山人海。人们都进行着有趣的活动，比如深受人们欢迎的游戏"放高升"和"丢包"。

傣寨泼水节终于在欢乐的锣鼓声中开始了，我摆开了卖水枪的摊子，小朋友非常喜欢我带来的水枪。我看到傣家的男女老幼身着节日的盛装，兴高采烈地走出大街小巷，欢庆这一年一度的盛大节日。傣寨的空气里弥漫着泉水的清香，人们互相追逐嬉戏，清清的泉水里泼出的，是对亲人朋友们深深的祝福与祈祷，甜甜的歌声中唱出的，是对美好生活的热爱与向往。水声、歌声、锣声、鼓声、笑声糅合在一起，汇成了一首宏伟的交响乐，传遍了傣寨的每一个角落，平静的傣寨沸腾了。

傣族的男女老少一大早就挑着清水，在广场上泼了起来，彬彬有礼的傣家姑娘一边祝福，一边用竹叶蘸着盆中的水洒向对方。"水花放，傣家狂"，到了高潮，人们用水瓢、脸盆，甚至水桶盛水，在大街小巷，嬉戏追逐。人们不会埋怨，只觉得迎面的水、背后的水尽情地泼来，从头到脚全身清凉，兴高采烈，到处充满欢声笑语。一段洗礼过后，人们便围成圆圈，在鼓锣和象脚鼓的伴奏下，不分民族，不分年龄，不分职业，翩翩起舞。激动时，人们还爆发出"水、水、水"的欢呼声。有的人还边跳边饮酒，如醉如痴，通宵达旦。

天空变得更加清澈明亮，空气变得更加清新怡人，傣寨的大街小巷荡漾着欢乐的笑声。

一个寨子过完了泼水节，我也骑自行车带着我的水枪跟随节日到另一个寨子，新一轮的大战又开始了，人们重整旗鼓，又一次投入战斗中，傣寨又一次沸腾了。

三、浦江城南菜市场卖香菇地摊

1991年，我开始种植香菇。我抱着勃勃的雄心购买了木屑、麦麸、玉米粉、专用肥、消毒剂、专用塑料薄膜、菌种等材料，造起了灭菌灶，准备放手大干一场。并且还订阅了食用菌方面的杂志和香菇问答方面的书籍，从书中学习种植香菇方面的有关知识。几个月后，我基本掌握了香菇选种、投料、配方、控温、出菇的全套理论技术。

从书上看到的只是理论知识，虽然在磐安学了两天，但是我对实际种植没有经验，像在做实验一样，心里没有底。

那个时候我天天住在香菇制种室里（原村精制茶厂内），当看到菌棒上的菌丝由白色转为长泡，又由白色的泡转为褐色，别说心里有多高兴、有多喜悦了。

两个月后，我将转为褐色的菌棒小心翼翼地摆放到了田间。再半个多月后，菌棒开始长出了香菇。那段时间，我心里想的全是香菇，总想着要往田里去瞧一瞧，越瞧越兴奋，越兴奋干劲也就越大。人有了盼头，浑身都是劲儿，精神也格外好。功夫不负有心人，我终于种出了一朵朵可爱的香菇，心里很是兴奋。

但是销售成了问题，旺产时我只能起早坐两个多小时的汽车把香菇拿到浦江城里的菜市场卖，当时许多市民还不认识这个新鲜事物，只知道平菇，不敢吃香菇，只有少数识货的人才会买。

最难堪的是由于我没有摊位，只能在菜市场里面右手拎着篮子、左手拿着秤，打一枪换一个地方，眼观六路，耳听八方，时刻注意工作人员的动向。想想其实还是骑自行车到周边村庄上门去卖方便。我坐车回家后一算，除去车费和成本，收入微薄。

　　每次摆地摊，都让我深刻体味到生活的不易，但更多的是辛苦劳动挣到钱后的喜悦。这充满人间烟火气的"摆地摊"经历，丰富了我的人生经历，令我留恋，让我难忘。

后　记

　　我出生在浙江省浦江县最边远的一个小山村，离县城有四十多公里。崇山峻岭是村子最大的地形特征，虽然没有高耸的山峰，却有无数个连绵不断的低矮的小山头，群山环绕，竹木翠绿。

　　这里的山是村民世世代代生活的土地，是村民赖以生存的资本，也是我成长的乐园。这里的山像养在深闺人不识的大家闺秀，大方而含蓄，这里有宁静的乡村和淳朴的民风，期待着人们去揭开神秘的面纱。

　　当年在这个小山岗上曾经生活着两千多人口，儿时的我生活艰辛，曾经砍过柴、看过牛、种过地、卖过棒冰、打过工，还到过祖国西南边陲摆过地摊、开过钟表修理店……最后选择教书育人作为终身的职业。我们这代人经历了起伏跌宕的 20 世纪 70 年代，走过了改革开放的 80 年代，见证了从贫穷到富足、从传统到现代的历程。人生道路坎坷不平，回过来看看自己所走过的路时起时伏、时宽时窄，一生风雨兼程不禁让我百感交集，感慨万千。

　　青年时期我担任了农村基层团支书，在团县委的支持下培育和推广了浦江县最早的种植香菇，曾被推选为"浦江县星火计划带头人"，多次组织青年团员义务修路，连续组织和导演了三届"村晚"，得到了上级领导和广大村民的一致好评；1990 年，由于团工作出色，我被评为金华市优秀团员，所在支部被评为金华市先进团组织，并被党组织发展成为全乡最年轻的中共党员；1992年8月，我考入教师队伍。

步入中老年队伍后的我，对很多事感到心有余而力不足，对社会生活这本无字活书已无心阅读。我认为岁月的痕迹不仅描在脸上，还要记在纸上，更是刻在心里，把一切沧桑深藏在心底，让一切慢慢沉淀在记忆里。一股乡愁之意越来越浓于心间，我的内心深处的乡愁，已经渐行渐远，却挥之不去，久久地、久久地徘徊在心里。

乡愁是什么？乡愁是孩童时牵牛割草的一脉青山，是炎炎夏日中偷吃的那个桃子，是夕阳里炊烟袅袅的一片屋瓦，是爷爷传承下来的那盏灯，是故土校园里那些共同的儿时记忆；乡愁是山路弯弯温暖的回家路，是妈妈烧的番薯饭，是儿时那些舌尖上的美食，是老房子门口的那条门槛；乡愁是看到就会喜欢，喜欢就不想离开，离开就会牵挂一辈子的东西。

如今我已有三十多年党龄、三十多年的教龄，即将到退休年纪了。人到了一定的年纪，就会情不自禁地想找一些曾经的记忆。与其说怀旧意味着变老，不如说它是在提醒自己已经有了一定的阅历，品尝了一些人间沧桑。因为只有品尝过生活的艰辛和复杂，才会深刻感受到年少时单纯、天真的可贵。所以怀旧并不是单纯怀念当年那些老物件，更多的是怀念这些物件所带给我们的一种美好。

因为自己对儿时的那些往事时常魂牵梦绕，所以在近几年里把它们用文字记录下来。本书的文章都是我在全国各地的报刊上发表过的，我把它们集成自己的第二部回忆录《那山那水那乡愁》。

记得我在2018年出版第一部乡土散文《远去的年华》时，

得到了许多朋友的帮助，感谢许多朋友众筹为我出书，感谢王向阳老师为我写了那么精美的序，感谢所有在这个过程中给予我们支持和帮助的人，包括我的家人、朋友、同事和学生。

本书《那山那水那乡愁》分为七个板块，分别是"舌尖上的乡愁""故园农事""屋檐下的旧器物""儿时的趣事""节日里的乡愁""故土校园觅乡愁""家庭家教家风"，以故园的那山那水引起的乡愁作为书名，六十多篇散文都是自己儿时亲身经历过的往事，由于我的文字功底薄弱、写作水平不够，文中出现的错误恳请大家谅解并指正。

感谢那些多年来为我的公众号"博野乡情"多次转发的朋友、同事、学生、家人和陌生朋友，也感谢公众号"浦江有趣事"及其他媒体：有了你们，我的小文走得更远；有了你们，我的写作有了前行的动力；有了你们，我的生活更加充满阳光。

感谢浦江十米文化创意鹿大师陈敏为我画了书中的插图！

感谢楼利香老师在百忙之中抽出时间对本书文字进行了审阅！

特别感谢作家王向阳老师在百忙之中再次为我写序！

最后，我们要向所有的读者致以最诚挚的感谢！望这本书能够让大家望得见山、看得见水、留得住乡情、听得懂乡音、记得住乡愁，并为下一代带来一些启示和改变。如果大家有任何建议或者意见，请随时联系我，我会非常感激。

愿每个有心的读者都能有所成就！

张必强

2024 年 6 月